王淑芬◎文
李憶婷◎圖

書的奇想

書與我同行

　　從前，我是位小學美術教師，是個教書的；同時，我也是位作家，是個寫書的；之後，為了推廣閱讀，我引領了「讀完一本書、做一本書」的手工書風潮，是個做書的。而這輩子，我最愛的休閒活動，則是一面喝咖啡，一面讀小說，是個貨真價實讀書人。教書、寫書、做書、讀書，我的工作與興趣，都是書，真幸福啊！

　　愛書人都知道，對書有感情，才會打開每一本書，享受閱讀的樂趣。既然我是個寫書的人，書對我當然是最親密的夥伴。我是先讀書，才寫書的；我是先愛上閱讀，才有資格寫作的。

　　所以，這本書全以書為主角。

　　輯一〈書的故事〉，説的是從小到大，發生在我與書之間的點點滴滴，以及與書有關的趣聞。我常告訴朋友：書是我的寫作老師。因為從未受過任何寫作專業訓練的我，其實是從別人的好書中自學如何寫作的。因此，書可以説是影響我最大的「人」。愛書讀書之後，又知道更多關於書的點滴，更讓我從書頁中，抬起頭來，看到一個更廣大的宇宙。這個單元裡，寫的都是與書有關的故事。

　　輯二〈未來的書〉，則讓我馳騁想像，揣想「很久很久以後」，會不會真的出版一本既特別又實用的書。在這些想像中，或許可以知道我看待書的眼光，不是僅僅將它視為「一疊紙」；我對書，有更多渴望。歡迎讀者們和我一起對書做著浪漫的白日夢奇想。

　　我祈願自己與書的這些小故事，能化為你的一聲笑、一次感動，或僅僅是一刻不那麼無聊的時光。如果因為這本書，讓你從此更愛書，那便是你的、而不是我的，最大收穫了。

書的奇想

目次

未來的書

書的故事

書，不僅是「一疊有字的紙」，它的誕生與存在，往往不亞於一個人的豐富經歷。我從小愛看書，與書之間，自然有許多故事可說。更別提千瞬萬變的現代，有各種想像不到的奇書妙典。

世界上第一本書

　　我常受邀至學校參與「作家有約」活動，藉著這個機會與讀者聊創作，也分享閱讀之樂。有一回作家有約，我告訴小朋友：「我自小熱愛閱讀，因此，雖然沒參加過任何寫作訓練班，卻可在每一本書中，自學到寫作方法。」我還鼓勵他們：「書中可學習各種創作祕方；閱讀，是增進作文能力最簡便的方法。」

　　演講結束，有位孩子跑來與我握手，並發問：「王老師，您說閱讀別人的書，能學習如何寫作。那麼，世界上第一個寫書的人，怎麼辦？」

　　我聽了立刻大笑出聲。這是個反應多靈敏的孩子啊！

　　只是，這個問題，必將延伸出另一道問題：誰寫了世界上第一本書？這也是我常被小讀者問到的難題。

　　說它是難題，主要因為兩個原因。第一：必須先定義「書」是什麼？第二：目前找到的這本書，未必就是史上的第一，有可能地底或某個洞穴中，還埋藏著尚待發現的更古老的文明史料。

　　書是什麼？刻在龜甲與獸骨上的甲骨文算不算？寫在泥板上算不算？刻印在石頭上算不算？古早的「結繩記事」算不算？因為實在太難定義，所以，要回答世界上第一本書是哪一本，困難等級大概等於「先有雞還是先有蛋」吧。因為沒辦法搭著時光機，回到過去探尋。

　　四千多年前的蘇美人女祭司恩赫杜安娜，她寫的讚美詩集，是目前已知最早有署名「作者是誰」的著作，當時是刻在石碑上。另一本也是刻於石碑的，是約三千七百年前的《漢謨拉比法典》，它有時會被定義為世界第一本書，因為是系統化的一部法律，比較具有書本的條理；目

前它被收藏於法國的羅浮宮博物館。

　　如果我們定義書是：有文字或圖畫，可複製、易攜帶流傳、多頁組合，而非只有一片泥板或石碑，那麼，世界上古老的書，倒是有幾本十分著名。比如：三千五百多年前古埃及的《死者之書》，早期是將圖文刻在棺木內，後來寫在紙莎草上，陪同死者下葬；為的是保護死者前往冥界時，避免妖魔危害，以及在審判時如何向神明應答，看來是一本死後的課本。

　　不論東西方，最早的書，都採「卷軸」形式，紙莎草書便是一片片莎草，拼成一長條，再捲起成卷軸。中國最早的書，目前的答案通常指的是「郭店楚簡」，就是在湖北省的郭店一號楚國墓室中，發現到的八百多片竹簡，竹簡上刻有一萬多字呢，據考證可能是在戰國中期寫的。竹簡也是以繩子串好，再捲起來，成為卷軸。

　　印刷術尚未發明且被普遍應用之前，所有的書都是手抄本。試想，當時人們一筆一畫抄寫著書，必定發生許多

故事。寫錯怎麼辦？字寫太
大以致抄寫不下怎麼辦？有
沒有人故意抄錯，將自己
的意思取代原著的
說法？

　　世界上早期
的書，那些字跡
美麗的手抄本，
見證了文字的奇異力
量。古代西方負責抄書
者，多半是修道院裡的僧侶；而中國唐代時的抄書者，稱
為「經生」，當時主要抄的是佛經或曆書。如果體驗過抄
一整頁課文，覺得手酸頸疼，再想想古人抄書，該有多辛
苦啊，而且萬一抄錯，說不定還得挨罰。

　　抄書太耗神費時了，唐代武則天時期，開始採用一整
片木板雕字的「雕版印刷」，書可以一頁頁一次印好，後

來十六世紀的義大利籍神父利馬竇來到中國，見到這種印書方法，覺得既方便又美觀、正確，還向西方介紹呢。

印刷術取代手抄後，可迅速大量印書，讓更多人閱讀。西方著名的首部活字印刷書，通常指的是《古騰堡聖經》；這是西元一四五五年德國的約翰尼斯・古騰堡先生所印，據說他將釀造葡萄酒的壓榨機器加以改良，製造出活字印刷機；他首部印的書是《聖經》，當時大約印了將近二百本。美國電影《明天過後》，其中有一幕是為了避寒，眾人躲進紐約市立圖書館，為了取暖，不得不開始燒書；其中有位先生，保護著珍本室中的《古騰堡聖經》，不讓它淪為柴火，說是因為它象徵了一個文明的開啟。

有了書，進入幸福的閱讀時代，但是專為兒童而寫的書，則要更晚。世界上第一本以兒童為主體、圖文並茂的教學書，是一六五八年捷克的康美紐斯寫的《世界圖解》，也有人稱它為第一本有插圖的教科書。康美紐斯被稱為現代教育之父，主張教科書應該要教實用的知識。這

本《世界圖解》從自然科學到哲學，內容豐富，又有實用插畫，據說當時是十分暢銷的書籍。

不過，與其追問究竟是誰寫下世界上第一本書，我覺得還不如想想，當時他為什麼想寫？為了萬古流芳？還是心中有話，不吐不快、情感激動，必須藉著寫，釋放出來；或是，如果不寫下，世界就不知道他的存在？

寫作真是件奇妙而神祕的事；書，則傳遞著這些神奇。世界上第一本書究竟是哪一本，雖然沒有答案，但與書有關的種種身世故事，既動人又有趣。

1658年的《世界圖解》

書的身世

如果我問你：世界上最聰明的植物是什麼，你有答案嗎？

如果我再說：依我之見，我認為最聰明的植物是竹子與紙莎草，你贊同嗎？或是，你知道我這個答案的理由是什麼嗎？

當然，都跟書有關。

一提起書，所有人最好奇的應該是：世界上最古老的書長什麼模樣？沒有紙之前，書是用什麼做的？

這道疑惑，可以讓我們藉此機會，從書的製造材料，去尋訪它的身世。

打開人類文明發展史，我讀到遠古時期，當文字未發明，人類以「結繩記事」來記錄事件；方法是將繩子打結，依大小、鬆緊、顏色、結的形狀，來代表不同意義，這應該就是最早的書了，編織著美麗複雜圖形的「繩書」。

然後，有人將圖形符號刻在木頭上，有人刻在石頭上。文字發明後，中國有寫在竹片或木片上的「簡書」，所以，我說竹子很聰明，它裝載著多少文人的智慧啊。甲骨文的「冊」，便是竹簡一片片綁在一起的樣子。莊子寫的〈逍遙遊〉：北冥有魚……，就是寫在竹簡上。

之後，中國有寫在絲織品上的帛書；西方則有以蘆葦稈尖端當作筆，寫在泥板上的書，當時甚至還有泥板信封呢，以及皮革製的書；至於古埃及人，是以紙莎草的稈切為薄片，再接製成一整張的草紙書。所以，最聰明的植物，紙莎草也該有一席之地。

古老的人類世界，便有這麼多「書」，可見人類對知識、對過往記憶的渴求。當方便攜帶的紙發明以後，更能輕鬆造書了。據歷史記載，中國西漢時代便有初期紙的簡陋製品，到東漢蔡倫（約西元一〇五年）發明紙之後，人類開始進入大量書寫、廣泛閱讀的美麗新世界。

書，真是文明史上最璀璨的發明。有了書，便有傳承，有歷史傳承，才有突破開創的基準。

現代人走進書店，滿坑滿谷的書真會讓人為之目眩，買一本書簡直輕而易舉，幾乎什麼類型的書都有，又如此便宜。但是，假若時光倒流幾百年，書的命運跟現在可大不相同呢。

「紙本書」剛發明時，因為紙張貴，印刷技術不發達，只有貴族或宗教團體如：修道院，才有較多數量的書。最早的書是精裝版的，英文為Hardcover或Hardback，意思是硬皮封面的書，有的包著上等皮革，書名是燙金字體，真像高級藝術品。

誰家有幾本書，意味著他比別人多幾件財產；既然是財產，「主權標示」就很重要了。中國古代文人會刻一個藏書印章，蓋在書頁上，表示「這是某某人的藏書」；西方藏書家則設計自己的專屬藏書票，貼在書的扉頁（或封面裡）中央，別人一打開，看到印有「Ex‧libris」這幾個英文字，又有簽名的美麗圖卡，便知這是誰的藏書。

著名的藝術家米開朗基羅、畢卡索等人，都曾經為朋友設計過藏書票，富有裝飾性又具辨識作用的藏書票，跟郵票一樣，後來也成了許多人蒐集的對象。

直到西元一九三〇年代，英國的企鵝出版社大規模出版「平裝書」，一冊書的價格大約等於當時買一包香煙，

對一般平民而言，真是莫大衝擊。從此，「書」不再是權貴人士的專利。

　　「口袋書」更有趣了，價錢更便宜，體積更輕巧，書可以捲起來，放進口袋，攜帶行走。隨時隨地可讀書，任何人都買得起書，書成了每個人簡易的「紙製學校」。

　　到了明亮寬敞的現代書店，書已經打破傳統樸素無華的形象，什麼奇怪的書都齊全了。我買過一本漢堡造型的書，每次一拿出來，小朋友都會問：「王老師，你還沒吃早餐？」自然也有小熊造型的書，也有像拼圖一樣的七巧板書。

　　我還聞過有味道的書，聽過會發出聲音的書，親眼摸過一本沒有裝訂起來的書（一張張的書頁裝在一個盒子裡）。世界真大，好玩的書真多。我還會猜想著：未來世界，除了電子書，還會出現什麼特別材料製成的書？

　　當然，書不僅僅是為了好玩。如果書能開口，它應該會說：「請打開我，走進我，與我同住；讀我，與我辯

論，與我同歡同悲。」

　　人改變了書的身世，書，則回過頭來影響人的歷史。了解書的身世之後，我們還要了解的，是書對我們的種種可能。

這兩張皆來自十五世紀德國，據說是世界上最早的藏書票。

小時候的書

到底「想要閱讀」是天生的，還是學習來的？

有一次全家圍爐吃火鍋，我兒子忽然問：「把肉片燙熟再吃，是天生的，還是學習的？」經過全家討論，一致同意：人類應該是從小看到別人這麼做，大人也會告訴小孩：「食物煮熟才能吃。」所以，我們習慣把肉片燙熟才入口。

至於閱讀這件事，我想起不少朋友回憶：小時候一見到書，便像飢餓時見到食物一樣，「本能」的就急著打開來讀。

「也就是說，在那之前，並沒有人教你這麼做？」我

問。

朋友想了想：「沒有。」

這是一個「天生」愛閱讀的人。

不過，我也遇到更多朋友承認，他們會愛上閱讀，是因為小時候父母的鼓勵，或某位老師的引導。

閱讀行為是天生具有，還是後天學習？也許這是一個沒有答案的謎題。對某些人而言，可能對理解文字有天賦，他會讀書就像有的人會跑步。

但更多人是經由別人示範，比如曾有人說一本故事書給他聽，從此他知道，書裡面藏著一個無比豐富的世界。

不管天生嗜讀或後天愛書，一旦接觸並享受過閱讀樂趣，這輩子大概很難離開書了。

我自己應該是個「半半族」：一半是天生基因，一半是後天學來的愛書人。

記憶中，我很小便愛翻家中僅有的那幾本書：爸爸的獸醫用書，還有一本密密麻麻、厚得像塊紅磚的《封神

榜》。就連這樣的「非童書」，小小年紀的我，也盯著它們津津有味的讀著。

爸爸問：「這種古書，你看得懂？」

古典原文的封神榜，每一章先以小孩子還不懂的古詩開頭，書中又有一堆沒教過的生字，當然不懂。不懂地方直接跳過，也居然把整本讀完，還知道妲己是壞女人，比干是忠臣。

爸爸感受到我對書的熱愛，偶爾會拿錢請鄰家的老師替我買書，滿足我的閱讀渴望。

天生有閱讀基因的我，幸運遇到願意後天支持我、指導我的父母與老師，從此造就了我的快樂閱讀史。

記得鄰家老師為我挑選買回的第一本書，是《天上的星星》。老師指著書裡的星座圖，告訴我：「書不是只看迷人的故事情節，它還有知識。妳看，這就是獵戶星座，它腰帶上有三顆亮眼的星星。」

啊，書不是只有故事，還有知識；所以，閱讀帶來想

像，也同時帶來真相。

　　小時候我讀最多的，還是故事書，也許這是人性，喜歡錯綜複雜的戲劇效果。英國諾貝爾文學獎作家吉卜林的《叢林奇談》陪著我一起上下學，我利用搭車時間讀它。水牛出版社的翻譯書《淘氣的麗莎》、《櫻桃園》讓我飛到遙遠西方國度，一窺外國少女的一顰一笑。還有《王子》半月刊，有漫畫可看。

　　但是，印象中，我從小就不愛看漫畫。我猜，已經飽嘗「文字甜頭」的我，受不了漫畫以幾張圖說故事的方式吧。文字世界裡，我能依據敘述，自行描繪我想像的圖。書上說林黛玉「一雙似喜非喜含情目」，我馬上在腦中浮現一位微微低頭的絕美仕女。如果給我一本漫畫《紅樓夢》，那還有什麼意思？

　　認真想起來，要我回答：「小時候最愛的一本書」，我可能會給一個比較奇特的答案——《字典》。字典真讓我百看不厭，看一百遍也看不完；我常隨手一翻，就看到

字典上印著一個陌生的字，帶出幾個陌生的詞，有時是一句沒聽過的成語，底下有解釋，那些解釋，其實就像一則「極短篇」故事。

小時候有書可讀，是多麼幸福啊。小時候，走不遠、跑不快、看不多，幾年時光，來回在學校與家庭間遊遊走走。但是，只要打開一本書，可以立刻跳到如來佛的手掌中，跑到神祕非洲，看到數萬年前一個原始人在追趕一頭長毛象。

想起小時候的書，想起小時候。院子裡，媽媽晒棉被，我窩在暖洋洋棉被上，捧著書，用自己的身體擋住白花花日頭，在陽光陰影下，一字一句讀書。雖然媽媽說，大太陽下看書傷眼，但陽光的味道，院子裡的花香，棉被柔軟彈性，以及故事裡的高潮：我替《天方夜譚》的阿拉丁緊張，我為《西遊記》的孫悟空抱不平，氣唐三藏的誤解。

我是一個多快樂的書小孩啊，我知道。一直到我很老

很老以後，我都記得當時年紀小，有書就好。

《西遊記》（幼獅文化）

荒島之書

這是一個常被問及的直覺問答題，意思是必須不假思索、直覺作答：「如果流落荒島，只能帶一本書，你會帶哪一本？」

依直覺反應，只能在腦中稍一略過，於是，所有讀過的書，一本本、一頁頁出現腦海，是故事、寓言，還是醫學常識，或者，來一本生活實用書才恰當？

荒島，意味著孤獨、寂寥，於是陪伴著的這一本書，將是截至目前為止，生命中最重要，最能打發漫漫長日，也能安慰寂寞心緒的一本書。

對愛書人來說，
這道題，可真難以
脫口而出，信口
作答。讀過的書
那麼多，準備讀
而未讀的也是厚厚
一疊，更多的是
一長串根本
還沒見過，
但深深知道
一定還有的好書，
它們都必讀、該讀、一定得讀。

於是，生命中那本「荒島之書」，成了愛書人心頭一
句有些浪漫，也有些哀怨的驚嘆句：「到底是哪一本？」

生命中，能找到一本讓自己可以穩定下來、鎮靜下來
的好書，是無比幸福的。美食會餿壞，花朵會凋零，朋友

會離去，只有書，再如何發黃老舊，還是那些字句、那些詞語，那些組合排列、那些字裡行間揮發出來的靈氣。

那些字句、那些詞語，曾在你最快樂時與你同歡；曾在你最悲苦時懂你的心痛。有的書，來自最親密友人的餽贈；有的書，是一次辛勤工作後的自我犒賞。於是，書不僅是書而已，它還寫著濃濃情感，深深懷念，它還印著一首美麗的歌，一曲愉快的舞蹈，雖然，別人看不見、聽不到，對自己獨具意義的書，在別人眼中可能只是一本「印著字的、裝訂好的」紙製品。

要我回答這個問題，我一定會面露微笑，開心回答：「不管是哪一本，我都喜歡。」荒島之上，只要有書，不論是哪一本，便可以解憂忘煩。當然，能帶一箱子書，一櫃子書，更好。

不過，這畢竟只是一道假設問答題。我們該慶幸，大部分的現代讀書人，不但能擁有許多書，讀完之後，還能跟好友討論這本書，那就更美好了。所以，如果流落荒

島，最「不幸中的大幸」是：帶著一本書；最「不幸中的完美」是：除了一本書，還有一個可以談書的朋友。

荒島之書是會變的，隨著年齡增長，生命經驗變遷，心中最浩瀚龐大、足以一讀再讀的好書，當然也會改變。

以前我最愛錢鍾書先生的《圍城》，因為那是本將人性描寫得極度透澈、又極度幽默的小說。光是腦中演練書中人的嘴臉、想法，就讓我有如電影放映師般，享受眼前浮現一幅幅精采畫面。我曾蒐集十多種不同版本的《圍城》，並且將它列為我的荒島之書。我可以在無人島上，仍在小說中閱讀這些人性喜劇與悲劇、鬧劇、諷刺劇。

幾年後，想到的另一個選擇是《百科全書》。如果荒島上，還有機會能閱遍世界上所有已被發現的知識、趣聞，簡直是「貴族讀書人」等級。雖在荒島，亦像住在文字的豪宅華宇，坐擁天下智慧。

這世界所有已被發現的事，還有什麼沒有被寫出來呢？所以我們要閱讀。漠漠荒島，四時更迭，一本百科全

書，是一個濃縮宇宙，宇宙可以被攤在掌中，光這樣的想法，都覺得奢華極了，可以不再計較荒島的物質貧困與氣候不佳。

如今，我又更改了，如果流落荒島，殘酷的規定只能帶一本書，我要帶《唐詩三百首》。我一向喜愛詩，三百多首輝煌時期的金字佳句，可供我吟誦再吟誦，低迴又低迴；可以練習背誦功力，也可以試著白話詮釋。困在荒島，一本古詩集，絕對能伴我度過無數個日與夜。

唐詩中，我最愛的一首是劉長卿的〈彈琴〉：「泠泠七弦上，靜聽松風寒，古調雖自愛，今人多不彈。」這首詩，以荒島做背景，氣氛實在搭配得太好了；縱使世人不理解我，也可以自彈自唱，吟哦著清冷中卻十分寧靜的古調。

荒島之書，也許正是救命仙丹。有一回我的學生竟回答：「到荒島，我要帶一本《笑話》。」仔細想想，這也是個好選擇呢，完全能一解荒島的精神苦悶。

你的荒島之書是哪一本？下回再有人如此發問，請大聲說出答案。生命中擁有一本「懂你」的書，你便是有福之人。

《唐詩的故事》(幼獅文化)

最貴的書

雖然談錢很俗氣，尤其談一本書多少錢更可能被斥庸俗，不過，有時候，昂貴天價，正也說明此本書的來歷不凡。世界上最貴的書是哪一本，應該會隨著不同年代有不同答案，因為可能一直被刷新紀錄。

截至目前（2017年）為止，有記錄可查詢到第二昂貴的書，是十五世紀義大利科學家、藝術家達文西的手稿，中文譯名為《萊斯特法典：論水、地球與天體系統》，內頁包含七十二頁筆記，寫與畫他對科學跨領域的思考與觀察，包括水、岩石、化石性質、天體、空氣等，可說上至天文，下至地理；而且，當然也是以達文西著名的「倒著

寫」鏡像筆法。在這本書中，可一窺被譽為世界上最聰明的人、天才中的天才，腦子裡動心轉念的軌跡。

這本手稿有多貴呢？西元1994年，美國微軟公司創辦人比爾・蓋茲花了三千零八十萬美元買下，買下之後，他將書一頁頁各自以特製玻璃櫃收藏，還大方借給各國博物館巡迴展出，讓世人可親眼目睹偉大天才對科學的思考。

2008年，手工打造的書《米開朗基羅：智慧之手》，每本定價約十三萬美元，也是天價之書。本書作者是喬吉歐・瓦沙力（米開朗基羅傳記作者），書的內容則是米開朗基羅的生活和工作，並附有米開朗基羅的雕塑、版畫、詩作等。這本書由義大利FMR基金會出版，此基金會以推廣文化藝術為宗旨。

基金會的費拉利女士說：「我是愛書人，出版這本書是個挑戰。書籍正遭到網路摧毀，逐漸失去自我，此乃現代網路版焚書記，時下的產品稍縱即逝。」她還笑稱：「我是個瘋女人，才會出這種書。」

為什麼說出版此書很瘋狂？因為書的封面是紅絲絨鑲著白色大理石，紅絲絨來自義大利南部一家古老布商店，紐約的大都會歌劇院使用的帷幕，便是在該店製作。大理石則取自米開朗基羅最喜愛的、位於義大利北部卡拉拉礦石場的大理石。全書重達21公斤，內頁紙張是義大利最古老造紙廠的產品。書當然得邀請義大利工匠，純手工打造，且保證五百年內不會毀壞。預計出版九十九本，據說光打造一本封面便需四個月，整本完成約需耗費兩年。這是本既貴且重，藝術價值極高的手工書。

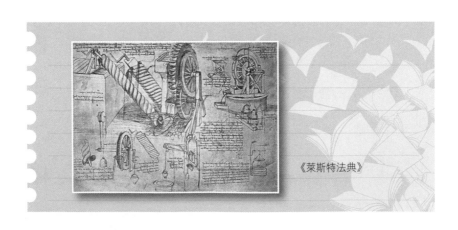

《萊斯特法典》

另一本昂貴且知名的手工書，便是《哈利波特》系列作者JK羅琳親手寫畫的手稿，以將近三百萬美元拍賣價售出，做為慈善公益用，由亞馬遜網路書店購得。其實這本手繪書，她一共製作七本，六本贈與在她出版哈利波特過程中，幫助最大的朋友，包含她的編輯，第七本才捐出義賣。

這本手稿以摩洛哥皮革製作封面，封面上鑲有銀飾與粉水晶，正中間為一個骷髏頭像，書名是《吟遊詩人皮陀故事集》，共157頁，原本是出現在哈利波特《死神的聖物》中的一本書。之後，一般讀者也可買到這本印刷書，包含了五則魔法世界的童話。

至於目前最貴的書，是2017年9月剛拍賣出三千五百萬美元的《摩門經》(或譯為《摩爾門經》)，是現存最早手稿，虔誠信徒認為這是「世界上最正確的一本書」，自然是無價之寶、天價之書！

如果問我的話，我以為「最貴的書，是每個人親手自

製的書」。雖然一般人自製手工書應該不會有驚世價格，但每一本保證獨一無二，承載著自身情感，每一筆都有自己生命獨特的影子，我想，這樣的手工書就是昂貴甚至無價的。有空時，不妨也為自己親手寫與畫一本書吧。連十九世紀的德國哲學家兼藏書家華特・班雅明都說過：收集書的各種方法中，最令人欽佩的，便是自己寫書了。

刻書濟貧

如果有能力，多數人應該都願意對他人伸出援手。但有句話說：與其給人一簍子魚，不如給他一支釣竿，並傳授釣魚的方法。因為不論施捨多少，永遠也解決不了一輩子的貧困狀態，唯有扶持他自力更生，才是根本之道，也才是有尊嚴的協助對方。

印刷出版事業上，正好有兩則給人釣竿的真人實事可分享：其一是明末清初的藏書家兼出版人毛晉；另一件是印度的塔拉出版社。

江蘇人毛晉愛書藏書不稀奇，最有意思的是因此成了出版家，印書製書。他曾經描述自己刻書三十多年來：

「夏不知暑，冬不知寒，書不知出戶，夜不知掩扉，迄今頭顱如雪，目睛如霧。」大家可以想像一下，成天佝僂著身子，上墨印刷校對的愛書人，如何將全副精神投注於一冊冊書中，因而滿頭白髮，眼力受損；抬頭看世界時，雖如霧朦朧，但想必他已在愛書中，擁有自己的清晰宇宙。

據說有一次，一位自稱名為邊泰的人，贈給毛晉一只錦囊，內有三訣，請他在特定時刻輪流取出，作為人生指引。其中的第二訣，便是「放賑何如教刻書」；時機點正巧是當時兩浙一帶水潦之災，鄉人飢寒交迫，除夕夜毛晉除了發放糧米賑災，又打開錦囊得到這個啟示，於是想到不如「以工代賑」，邀請鄉民加入刻書工作，不論作為暫時貼補之用，或經由此訓練，為自己謀得新的生產技術，都好。

揣想當時的情景，無助時，有人送來釣竿，給了一線生機，人生再度充滿希望與新生的可能，幸福光照著原本灰暗未來，多麼感謝。毛晉好友雷起劍，還為此情景寫了

詩：「行野田夫皆謝賑，入門童僕盡抄書」。書香中，也洋溢著濃濃人情味與人性溫暖。這是一位真正的愛書人，知道讀書之道，不僅僅是為了獨樂，也該行有餘力時，助人亦樂。

　　印度的塔拉出版社，是一九九四年由一位女士創辦，屬於獨立的小型出版社，也有一棟書樓兼書店，推廣閱讀、展示藝術作品，也為當地孩童設立一處不被打擾的閱

讀角落。這家出版社最著名的，便是手工打造的書。

我其實是有一次無意間，在美國網路書店知道它的。愛貓的我，當時買了一本主題為「貓」的二手書，書內各種貓的版畫既逗趣可愛，卻又充分具有東方獨特線條與造形之美。收到書時，卻覺得驚喜又驚訝；喜的是紙質太美了，觸摸時充滿手工紙獨有的溫度與手感，孔版印刷的圖案，又富有民俗藝術氣息。然而另一方面，竟然在書背處，很讓人驚訝到幾乎是生氣，因為被貼上透明膠帶，標注這原本屬於美國一家公立圖書館。

因為是手工紙，纖維較長，如果撕掉膠帶，會連帶毀傷美麗書皮。我只好無奈讓這張醜陋標籤留著。書內的扉頁印著一排說明，這是為了公益而釋出拍賣的書。不過，我也感謝因為這次緣分，因而認識了這家小型出版社，之後我還陸續直接向塔拉出版網路購得幾本書。

純手工打造的原因，與毛晉的「以工代賑」理念相同。塔拉出版社會邀請當地藝術家，共同商議與設計每本

書主題與內涵，多半以版畫方式印製，尤其它有不少書，是請原住民創作者書寫自己土地的故事，更添文化傳承的歷史意義。

接著募集當地找不到工作的人民，為他們製造就業機會，以自己能力換取生存之道。每本書會附上一條雕刻精美的書腰，說明手工造書過程，從手抄紙、手工印刷、手工裝訂、手工包裝。也可以在他們的網路影片中，看到工人們埋首工作，一頁頁打眼、摺疊、手縫，貼蝴蝶頁，裱裝封面，確知每本書是以如此手作方式製造，令人感動。

平時我們買書看書，很少有機會目睹書被製作的流程吧，尤其是手工製。每本書，除了書中吸引人的藝術風格，也感受到這是多位努力為自己奮勉求生的人，在熱心給釣竿的人幫助下，一頁頁、一冊冊，打造出來的溫藹之書。手捧這些書時，不僅有閱讀之樂，也有油然而生的敬意。

買書，也可以成為簡便的行善之舉，所以，我很支

持有這種善意的出版社。有回至日本旅遊，逛書店時發現有塔拉出版的書，連忙向同行友人介紹，眾友人為那美麗書本讚嘆之餘，也一致同意，這樣的助人之舉，是何等美好。

塔拉Tara Books出版的《貓》

世界上最小的書

　　雖然書最可貴的，是既豐富又充滿智慧的內容，但是，逛書店時，每遇見造形奇特，十分有個性的怪書，我也常忍不住站在它面前，掙扎不已。一方面對眼前的書，歡喜得幾乎可用垂涎三尺來形容；一方面又勸自己別見一本買一本，不但荷包消瘦，小小屋子也容不下啊。

　　幾十年下來，有時我會理智走開，有時則無法戰勝對怪書的痴愛。家中書櫃，漸漸擠滿許多有趣的怪怪書。比如：一本講述古埃及歷史的書，書頁設計成金字塔造形，底部寬，逐漸往上縮小，打開封面，彷彿一座金字塔立在眼前，等著讀者進入，一睹輝煌燦爛的埃及過往。

有本為少女而寫的成長小書，設計成一個粉紅色小背包，打開它，書內有少女的包包會有的小鏡子、浪漫錢包等。至於立體書，我更是無比揮霍的買，因為實在對書頁開闔之間，有如機械般精妙的紙藝工程，沒有辦法抗拒啊。有一本耶誕節的立體禮物書，不但設計成積木方塊，可旋轉翻動，每方塊內還有小抽屜可拉開，取出抽屜裡小書閱讀，是我最愛把玩的一本玩具書。

　　當書櫃與書架飽滿到溢出來，連地板也堆滿如小山般的書堆時，我終於向自己喊話：「停停停，克制一下。」不可再對所有的造形書、玩具書，有如貪婪之人，非得全數收藏。再轉念一想，既然家中再也沒有空間，不如，改收藏迷你書如何？

　　於是，我家櫃子裡，便開始出現一本又一本手掌小書。連好友出國旅遊，也會帶回迷你書當伴手禮相贈。更別提我又開始如敗家子般，迷你書、微形書，鬼迷心竅的想要買個沒完沒了。

　　終於，連迷你書都擠成一堆時，我再度勸自己：「停停停，克制一下。」今後只買那很特殊、極度特殊的迷你書。比如：從德國一位書藝家處，購得史上第一本為兒童而寫的圖畫書《披頭散髮的彼得》之迷你復刻本，只有2×2.5公分大小；比如：我喜愛的童話《愛麗絲漫遊奇境》迷你書。當然還有日本以扭蛋盒包裝的迷你書，扭蛋機會轉出哪一本，全憑運氣。

　　有一天逛美國亞馬遜網路書店時，忽然上天考驗我，出現一本標題為：「世界上最小的書」，當時的價格十分昂貴，是手工打造，又附加一個精美木盒。我猶豫許久，應該有一分鐘那麼久，便壓下按鍵，下單送出。接著當然就是興奮無比的等待這本奇書。因為實在太貴，我不得不自我宣告、發下重誓：「此後，至少十年內，不得再買迷你書。」

　　收到美國寄來包裹的那一天，簡直迫不及待的立刻剪開包裝，取出木盒。果真是個精巧木盒，但我無心欣賞，

迅速開盒。

　什麼？

　我怎麼什麼都沒看見？那本世界上最小的書呢？

　不論我如何瞪大雙眼翻找，連盒內那塊絨布墊，我都

以鑷子夾開，試圖尋覓此書是否不慎摔落盒底；最後還拿

出放大鏡，盒身內外，連同原有包裝袋，仔細搜索數遍。然而，就是杳無蹤跡。

我不甘心，立即拍照，發信給書店，詢問為何不見書？結果書店倒是不囉嗦，馬上將書款退回至我銀行帳戶，並且慷慨答覆：盒子不必歸還，可留下。

但是，我要的是書，那本一定十分珍奇罕有的迷你書啊，我要的豈是盒子！因為得不到，更想要。所以，我瘋狂的再度下單，不達目的絕不鬆手。

然而，書店卻不再接我這筆訂單，竟然無法訂書。我猜，他們以為我是來找麻煩的。一氣之下，我放棄了，還懊惱得將那個木盒一把扔進垃圾桶。現在想想，真太意氣用事了，說不定，那本奇書，還躲在木盒某道細縫中呀。

多年以後，有回與我敬仰的書籍設計大師呂敬人老師同行，我將這件仜事說給他聽，還以誇張語氣報告：「那本書一定是太小了，小到我打開木盒瞬間，它便飄走了。」

呂老師聽得笑呵呵，也有答案：「我懂了。這本書太小了，小到肉眼根本看不見哪！」

　　世界上最小的書是哪一本，其實很難有答案。因為跟世界上最大、最厚、最長、最重的書一樣，永遠都可以被刷新記錄。

《披頭散髮的彼得》迷你復刻本

書痴

你可以為書痴迷瘋狂到什麼程度？

小時候，餐桌上進食，我常不顧媽媽責罵，邊吃邊讀；往往不知吃進肚子裡的是什麼，只記得裝進腦子裡的書中天地，多麼幻奇瑰麗。

廢寢忘食不稀奇，可稱之為書迷。至於偷書、搶書則是另類書賊，絕對不可取。多數書迷，通常症狀只偶爾出現在：車上讀書，讀到忘我，過站忘了下車；或像我的朋友，手不釋卷之時，往身邊一拿，以為端的是牛奶，哪知是一罐墨水，竟將它往咖啡杯內一倒，等端在眼前想喝時，才驚覺原來心思都被書中情節帶至遠方，竟把墨汁當

牛奶了。

　　讀清代文人張潮寫的《幽夢影》時，其中有句話我很贊同：「情必近於痴而始真，才必兼乎趣而始化。」前一句的意思是如果一個人對某個對象，喜愛程度接近於痴的狀態，大約可說是真摯之愛了。所以，書痴書痴，必有異於常人之舉。縱使我們不必癲狂到痴的地步，以免因太痴而做出傷人壞事，但是，史上的確有些對書痴迷之人，留下有趣故事，不妨當作閱讀之餘的妙聞笑談，聊它一聊吧。

　　《聊齋志異》中有一則書痴郎玉柱，與「書中走出顏如玉」的故事。不過，我覺得郎玉柱不能算是真正的書痴，只是個呆板不知彈性應變的書呆子。書痴必須

真懂書中的美好與意義，因而甘心為它付出心神。

　　宋代女詞人李清照，與他的先生喜歡玩一個書遊戲：飯後飲茶，對著滿牆書卷，互相打賭考問某樁記載，出自於哪本書？誰猜對才可以喝茶。答對者便樂得舉杯大笑，茶水潑灑衣衫，沒得喝了，這便是「賭書潑茶」的典故。夫妻二人愛書成痴，據說戰亂欲離城逃難之時，丈夫趙明誠交代，必要時，先丟行李、衣被，最後才可丟書冊卷軸呢。書痴之家，果然最重視的財產便是書。

　　宋代的司馬光，讀書時可虔誠了，須先擦淨桌椅，桌上還墊著布，小心端坐，不可用力翻書；他還教人翻書時，先以右手大姆指的側邊扶起書頁，再以食指輕夾帶過，這樣便不會將書弄髒。比起來，我們一般人看書實在太粗魯了。這是一位對書十分敬重的書痴。

　　明末清初的經學家黃宗羲，每次出門，會在家中所藏約五萬卷書中，挑選出二萬卷，讓家僕帶著隨行。其實旅途之中，再怎麼賣力讀，也無法將二萬卷讀遍吧。為什

麼如此不辭笨重，也要與書同行，他說：「不可一日無此君。」或許，不管在哪裡，都讓自己置身於書海中，才讓書痴得以安心吧。

清朝的黃丕烈更是著名的藏書大家，還自稱是書魔；據傳他每年會為收得的珍本奇書，在書齋中，舉辦隆重的「祭書典禮」，不知道他的典禮中，有什麼特別儀式？對著書吟詩歌唱，還是請道士為它們祈福？

現代詩人兼學者聞一多先生，常在家中樓上鎮日研究古書，十分用功，除了吃飯與外出教課，很少下樓。於是，他的同事便相勸，有時該與大家去散散步，對他說：「你啊，何妨一下樓。」從此，朋友們便笑他是「何妨一下樓主人」。或許，只有他自己最懂，小小樓上，沉浸於文化之美，比下樓散步愉悅多了。

美國藏書家哈利・愛爾金・懷德納的故事，比李清照夫婦的逃難記更令人欷歔。他為了等待一本珍貴的一五九八年版《培根散文集》，不得不延緩他的船期，

還說：「我得等這本書到手，萬一我搭的船沉了，才能與這書永遠沉在一起。」誰料到一語成讖，他搭上的是一九一二年首航即撞上冰山沉沒的鐵達尼號，果真與愛書一同沉入深海之中，這樣的書痴之魂，與人生的意外，真讓人為之惋嘆。

雖然後來有人考證此傳聞未必為真，更有可能是船難時，他對同行但有搭上救生艇的母親告別：「我有將這珍本放入口袋，與我同行。」不管哪個畫面，皆令人鼻酸。

由於懷德納是個不折不扣書痴，當初他去英國也是為了購書，因此後來，倖存的母親，捐出藏書與鉅額金錢，在他的母校哈佛大學，設立了懷德納圖書館，成為歷史悠久的大學圖書館，嘉惠後人。

另一位與懷德納同期的美國藏書家愛德華・紐頓，曾以幽默博學的文筆，記載許多藏書與買書、尋書的軼聞，出版成書後，大受歡迎。他有多愛書呢，舉一例吧，他的書中寫著，有次朋友勸他，該帶著老婆出門玩玩，別整天

埋首書中。他想想也對，於是訂了一趟尼羅河之旅，與夫人暢快同遊。

　　然而當他在船航途中，兩岸景色雖美，卻有一股思鄉之情不斷湧上；當然，這思鄉情懷指的絕非他在美國的家。幾日後，他終於忍不住了，對老婆說：「這尼羅河永遠都會流的，書店的書卻不見得一直都在啊。」立馬下船，改往倫敦古書店，繼續尋書去也。書店，才是他永遠的鄉愁之處。

　　真想在現場，親眼看看他老婆臉上是什麼表情啊。

《幽夢影》（河畔出版社）

舊書店

　　書從哪裡來？多半是書店，而書店，可以簡單分為新書店與舊書店。

　　走進新書店，尤其是鋪著櫸木地板與飄著咖啡香的那種新書店，會讓人覺得像個貴族，走一步，就彷彿多一分氣質。平臺上陳列的新書，每一本都那麼亮麗動人，以最華美封面，向讀者招手。

　　舊書店則完全不同。通常舊書店沒有笑容可掬的時髦店員，身手俐落的「叮咚」收銀機開啟的聲音。多午前，我常去的舊書店，只見一個打盹的白髮老頭，窩在書店深處，有時伸手趕趕蚊子，或突然醒來，扭開收音機，繼續

聽他的京劇。好幾回，老眼昏花的店長，找我錢時總是出錯；我提醒他多找了，他不好意思的笑了，連連向我道謝。這裡充滿人的氣味，而非電腦或收銀機的機器味。

書店走道往往窄小擁擠，書被一層灰一層霉味長年醃著，於是整個書店有股濃濃的古味，那是歲月蒼老的味道。

想買本舊書，得發揮福爾摩斯兼羅蘋的推理能力與耐力，在眾多灰撲撲的書堆中尋尋覓覓。若沒有特定目標，更該仔細搜索，說不定，一個轉身，會瞧見一本珍貴古書夾在過期雜誌中，眉頭深鎖嘆息呢。

誰會逛舊書店？穿高跟鞋、時髦裝扮的人會不會？西裝畢挺的人會不會？這可說不定呢。逛舊書店的人可能是任何愛書人，不過通常會來這裡，是因為兩個目的：一為便宜，一為尋寶。便宜就不必說了，至日本旅行，我便最喜愛逛舊書店，不論東京神保町的舊書店，或是較大城市皆有的Book Off連鎖書店，只要運氣好，又肯花時間翻

找，往往能以便宜價格買到印刷精美的圖畫書。

　　有一次，我只花日圓五百元，便買到一本美國立體書大師薩布達設計的立體書，而且只是舊了一點，書內頁所有機關完好無缺，簡直不可思議。還有一次，也是日圓五百，買到《好餓毛毛蟲》二十五週年、封面是銀色的紀念版，連書內作者簽名信札都還在。舊書店真是對荷包友好的地方啊！

　　除了便宜，舊書店有寶可尋嗎？當然有。舊書不會因為它的舊，而減損書中智慧。有時，正因為它的舊，身價百倍呢。比如絕版書或簽名書。

　　與舊書店有關的故事真多。英國倫敦有條查令十字路，是舊書店匯集地。二次世界大戰期間，一位美國女士以郵購方式，長期向查令十字路八十四號的舊書店買書；她與書店的信件往來，日後被出版成一本感動許多人的書。她還曾說了句有趣的話：「我從不買沒看過的書。」所以囉，她只買舊書。

　　日本有位出久根達郎先生，是舊書店老闆。因為整天買書、賣書、讀書，最後竟寫出本有關舊書店的小說，得到直木賞大獎（這是日本有名的文學獎）。一開始，他只是為了幫舊書目錄的空白處填一點空，寫點書的相關簡介呢。

　　美國的推理小說家勞倫‧卜洛克，以舊書店老闆當主角，寫了一系列懸疑的「雅賊」偵探故事。書中那位愛看

書的小偷，最崇拜《叢林奇談》的作家吉卜林，還曾經惹上一件跟吉卜林絕版書有關的案件。

臺北的舊書店，最早集中於牯嶺街。現在，臺北舊書店除了光華商場，公館一帶尚有數家，已越來越少了。近來較流行新、舊書皆有的獨立書店，或「新的二手書店」，這些書店決心幫傳統舊書店換個新面貌，走進去，不但不舊、不窄、不髒，還有咖啡座可供休息，甚至也鋪著美麗的櫸木地板。

逛舊書店的人多半是些重感情的人，看到《萬里尋母》卡通便會一把鼻涕一把淚、感情豐富得不得了（我是說我啦）。舊書，對他們而言，除了文字，還有埋藏在文字中的年少故事。我經常在網路上看到有人徵求一本已絕版的書，只因「那是我小時候媽媽買給我的第一本書。」

有故事的舊書，不再只是書，它必有一段深情往事。所以，傳統舊書店，雖然有點悶有些暗，卻永遠是我記憶中美麗的地方。我想像著，它是位忠實老友，痴心等著某

日有人走進來，找一本生命裡的甜蜜往事。那時，舊書店成了長出翅膀的青鳥，帶人飛向幸福。舊書店，於是有著與新書店一樣亮晃晃的光照。

《查令十字路84號》（時報出版）

老書

　　一本光滑亮麗的新書，與一本又破又舊的老書，你，要選哪一本？

　　這樣的問題，很多人會不假思索選「新書」吧。

　　對許多愛書人來說，答案卻不一樣。有些泛黃的、紙張已經破爛不堪的，反而是書架上最珍貴最愛不釋手的「老友」呢。

　　讓老書身價非凡的原因，可能因為它是絕版珍品，或有作者簽名，甚至是印刷瑕疵、反倒造成特殊效果。二十世紀初，有一本哈德森插畫的《愛麗絲漫遊奇境》，首版時，居然將作者路易斯卡洛爾的名字印錯，少了一個R，

雖然再版時趕快更正過來，但是你猜，如果現在想買這一本書，錯字版與之後的正確版，哪一本比較貴？

答案就是首版的錯字版。而且，因為稀少，誓必越來越貴，越來越難買到。這有點像是蒐集郵票與蒐集錢幣者，不小心印錯的版本，永遠是收藏家夢寐以求的珍品。

不過，喜愛舊書者，最普遍的理由，還是因為這本書對擁有者具有特殊意義。比如：某位特別友人贈送的、某次特別的機會購買的。總之，是這種「特別的情感」，讓又破又舊的老書，比嶄新奪目的新書更具價值。

我的書架上，至今仍保存著幾本我的「個人閱讀史」上最古老的書，幾次搬家、整理屋子都捨不得丟棄。每一本老書，其實便是一則老故事。

有本《拜倫詩選》，版權頁上寫的是「民國六十三年出版（西元一九七四），特價四十元」。那是我中學三年級時，到嘉義縣朴子鄉同學家玩，逛書店時買下的。

到同學家玩，居然在隔壁書店買詩集，十五歲的我，

於是被同學家的長輩好好誇獎一番，內容大約是「妳們看，王淑芬玩樂都不忘買詩集來讀，很有氣質喔。」

如果我當時買的是糖果零食，或娛樂雜誌、漫畫書，當然不會引來讚美。我也並非主張「買書是為求得他人讚美」，當時我根本沒考慮到這一點；但一個人的所做所為，的確會為自己說明「是個什麼樣的人」。

更令我回味的是，其實會到那位同學家玩，是因為同學的「小叔叔」。她家小叔叔，正是我們隔壁班每次都考第一名的男生；我常藉著物理課本上永遠搞不懂的題目與他「學術交流」，他也都耐心的教我。枯燥乏味的升學課程中，少男少女情懷，是淡淡的小小喜悅。誇獎我的長輩，是他的父親，對我來說，意義自然十分特別。

《拜倫詩選》帶著我的少女情懷，帶著對純潔情誼的美麗記憶，從此一路陪著我。每當翻開書，彷彿翻開那一段最無邪的日子，我甚至在詩句中還能看見「物理小老師男孩」的一張熱忱嚴肅的臉。

書架上還有一本《汪洋中的破船》，小小的、四十開本、黑白單色印刷。這是鄭豐喜先生的自傳，版權頁印著「民國六十二年初版，特價二十五元」。

當年殘障青年楷模鄭先生的這本勵志書，不知賺來多少讀者的熱淚，也是當時師長鼓勵學生閱讀最佳的版本。不過，我這本書珍貴的理由是因為書名，因為後來此書被當時的蔣經國院長更名為《汪洋中的一條船》，還改編為電影上演。這意味著，此後再版的書，已不可能有《汪洋中的破船》，我的這一本，於是成了「絕版書」。可能是為了防止盜版，版權頁還有鄭豐喜先生的用印呢。這一來，此書更值得收藏了。

有陣子，我因為喜愛《圍城》這本小說，因而蒐集許多不同版本。某家舊書店有次出售一九四九年版，扉頁還有原來書主的簽名與蓋印。雖然書頁已泛黃老舊，但拿在手中，又有著與另一位也曾愛過這本書的人，超越時空的默契。買下這本老書之後，我將這些「圍城們」大合照，

貼在網路。不料，有天竟然有人留言，正是原來的書主：香港的著名學者黎活仁教授；這是充滿書香的空中相遇記。

這樣的「老書老故事」很多，所以，你問我「一本光滑亮麗的新書，一本又破又舊的老書，你，要選哪一本？」

我的答案將會是「嗯，讓我告訴你一個老故事……」

《汪洋中的破船》（紅豆出版社）

我愛讀詩集

詩人雖然清醒，卻常常被誤認為精神有問題。

我熱愛「詩」，並曾經很認真的發誓一定要嫁給詩人。雖然天不從人願，當時所認識的詩人都已婚，而且我還聽過一則殘酷笑話，大意是說：「詩人是好的，只要不住在我家。」然而，我對詩的忠貞，依然堅如磐石。

其實愛詩人很難條理分明的解析「詩有什麼好處」，也無法將理由寫成一篇論說文，讓別人一看就明白詩的種種優點。舉個例子，我可以把「論醬油的重要性」寫得合情合理，簡潔有力，從它對食物風味的影響，到對國家經濟的整體貢獻，分五大重點來說明；不過，真的很難列出

詩的實用價值，與它對國家興亡的意義。

還是借用哲學家的一句話來說吧：「詩雖然不是麵包，但是可以讓你吃起麵包來覺得更香。」

不以為然的人可能要抗議了：「只要剛出爐的麵包一定香，跟詩一點兒關係也沒有。」唉，不能強迫每個人都「宛如詩人」。

寂靜的星期天早晨，帶著烏龜在陽臺晒太陽，攤在膝蓋上的，是一本唐詩。我輕聲念著：「空山不見人，但聞人語響。」小烏龜一動也不動，眼睛瞪得大大的，一副「我完全了解」的聰明樣。其實，是我了解詩中的空寂，我懂。

上街買個東西，只見車聲人聲沸沸揚揚，滿街喧囂，空氣中的汽油味、塵埃味讓人煩悶極了；我嘆口氣，想起的是早期詩人廢名先生的一首小詩〈街頭〉，第一句就是「行到街頭乃有汽車馳過，乃有郵筒寂寞。」

許多生命裡的無奈，詩人就是有辦法用簡單幾個字，

卻強而有力的表達出深沉感受。詩人,往往是人生低潮的最佳陪伴者。難怪臺灣詩人瘂弦先生曾說,自己有時覺得一無所成,很失敗,他的女兒卻安慰他:「再也沒有比失敗的人生,更像一首詩了。」這對父女,以詩養出親子最佳默契。

受到委屈時,給自己一首英國詩人拜倫的詩吧。他說:「愛我的,我致以嘆息;恨我的,我報以微笑。無論頭上是怎樣的天空,我準備承受任何風暴。」

看過浪漫電影《麥迪遜之橋》的人一定記得,女主角半夜睡不著,起身寫封短信,開頭引用某首詩的一句話,然後開車到橋上去,把詩貼在橋頭。那首在月光下的詩,承載的是女主角的期待與溫柔,多幸福的詩啊!

如果和同樣愛詩的朋友,在六月夕陽餘暉中,走在逐漸暗淡的鄉間,抬頭望見一棵大樹,枝幹歪斜,像個年紀老邁的流浪漢,孤單單獨自站在荒野中;兩個人停下腳步,忽然張嘴齊聲朗誦:「枯藤老樹昏鴉……」那一刻,

必定覺得天地之間，只有詩人最了解一切。

詩不是生活必需品，但是有了詩，會讓生活滋味不同。我喜歡帶著一本詩集出門，我希望當我發生任何意外時，別人在我背包裡找到的是詩，而不是股市分析書。我不是詩人，但「宛如詩人」般過著孤單卻不無聊的詩生活。

至今不論多忙，我還是喜歡隨手打開詩集，離開煩悶，暫且行走在詩句中，頓時覺得天寬地闊，每個字都在為我灑下舒適的雨滴，洗滌淨化。有些充滿純真天趣的童詩，出自孩子的脫口而出，更是可愛極了。比如，我女兒

《拜倫詩選》（五洲出版社）

小時候曾說：「我的喉嚨裡有人在掃地。」

　　那種感冒不舒服、喉嚨癢的感覺，表達得多貼切啊。這是生活之詩，好詩妙句來自生活真實體驗。

　　教會我們生存的，是醫學、數學、化學、物理學，但文學、哲學、藝術，才是我們生存的意義。一本詩集，說不定教會我們的，就是生命最深邃的道理。

讀不懂的書

　　書是用來被閱讀的，然而，世界上卻有些神祕的書，偏偏反其道而行，打開它之後，會面對書中那些根本看不懂的文字或符號，搖頭大嘆：「這是什麼？」最後，只能發揮想像力，試著解讀作者的本意。

　　《索亞之書》便是其中之一。書裡有文有圖，有人猜測那是拉丁文，但是沒人敢確定。十六世紀時，有位英國學者約翰，試圖想解開這本書的內容，甚至走火入魔，據說召喚了天使來解答，還說天使告訴他：「這是伊甸園中，亞當的書。」如今有兩份手稿分別置於英國兩所圖書館中。約翰花了許多年試著譯解，他認為這是一本記錄魔

法的書。

　　普通讀者會一把丟開根本看不懂的書，但是對某些解謎意志力強的學者而言，反而是具有吸引力的挑戰。索亞之書，不斷有人想繼續解開它的謎底。比如美國一位數學家，以電腦分析書中的字母排列，發現某種規則，他覺得應該是一種密碼。看來，凡人不懂的書，這些神祕符號，卻也激發一些人的高度熱忱。

　　跟《索亞之書》有點類似的，還有《羅洪特寫本》。這本書是在現今奧地利被發現，本為十九世紀匈牙利一位伯爵擁有，全書約四百多頁，文圖並茂，後人研究認為它是匈牙利古語，目前它被保存在匈牙利科學院內，可經過申請，取得它的微縮膠片影本來研究。

　　不過我覺得最有趣的是，有一派學者考據之後，認定《羅洪特寫本》根本就是個騙子玩的贗品把戲。他們認為是早期一位古董商，偽造出來的假造之書。當然，還有另一派至今仍然勤勉的研究拆解它。

　　有些人，總是不甘心對自己不理解的事，輕易放過，非得追根究柢，這也是人類渴望求知的本能吧。

　　像這樣以無人能解的文字與怪異圖案的書還不少，比如《伏尼契手稿》，一直被稱為是世界上最神祕的書，它經由現代科學儀器鑑定，是十五世紀的書，書中除了陌生文字，也有藥草、天文學、人體等插圖。目前它被收藏在美國耶魯大學一所珍本圖書館內。可想而知，除了有人孜孜不倦研究它，亦有人唾棄它是個惡作劇。

　　另一本二十世紀義大利畫家創作的《塞拉菲尼寫本》，看似百科全書的編排，然而，更像是此位畫家自創的一個奇幻世界的百科全書。雖然讀不懂，但是它比較起來，沒那麼神祕，更像是畫家的藝術作品。這本有趣的書，現今還有出售呢。購書的人，

應該為書中那些詭異無比的植物、動物、端著骨頭湯的骷髏人形，覺得有如幻夢之境，想夢遊其中吧。

我覺得這些書之所以讀不懂，另有一種可能，是書中文字雖曾經存在，但已消失，也沒留下相關資料供後人對照研讀。想想，如果有個民族的文字如煙消雲散，其實也是件令人感嘆的事。

那麼，現代人寫書，應該不會故意找讀者麻煩，創作一本「這是什麼字？天書嗎？」你錯了！大陸藝術家徐冰，一九八六年，有了這個創作念頭：「寫一本誰都讀不懂的天書」。而且，他不是拿起筆來，故意鬼畫符亂寫一通，而是模仿漢字的筆畫規則，造出四千多個字，還用這些他造出來的「沒人能懂」的字，印成一百多套書。對他而言，這是藝術作品。不論讀懂不懂，那些線條美麗的方塊字，是一幅幅畫，讀者閱讀這本書時，讀到的是什麼？各有所思。我想，說不定他除了將「造字」當成藝術遊戲，也在提醒我們，文字的溝通，多麼重要。無法讓人理

解的文字，必將帶來人際關係衝擊。

　　之後，徐冰又出版了《地書》，我在當年的臺北書展購買了它，從封面開始，便沒有文字，只有符號。這是他蒐集世界各地的符號，寫成的一本故事書，描述一個人的一日生活。據他表示，這本書是要讓文盲也能讀懂。所以，《地書》的涵義，已超越文字，希望圖象符號，也能取代文字，進行溝通。這本書倒是讀得懂。

　　書，讀懂很重要；然而有時，讀不懂，也帶來一些不同角度的思考。

可買得到神祕的《塞拉菲尼寫本》

創意之書

當你打開一本書，讀了幾行，大約便能知道這是小說、散文、詩歌，還是劇本。或是，就算知道它是小說，也分為文言文寫的古典小說，或淺近白話文寫的現代小說。總之，每本書各有其書寫的風格。

如果有本書，偏偏不只一個風格，而是一口氣給讀者九十九種風格呢？這是法國作家雷蒙・格諾於一九四七年出版的書，書名就叫做《風格練習》。內容其實很簡單，只有數行，大意是有個年輕男子在公車上，別人下車推擠到他，他很生氣。兩個小時後，他又在廣場出現，隨行的朋友對他說：「你該在風衣上加個扣子。」

雷蒙以九十九種方式來寫這個情節，比如「精確版」是這樣寫的：中午十二點十七分，在一輛長十公尺、寬二點一公尺、高三點五公尺、距離出發點三點六公里的S線公車上……

「舊體詩版」則是文謅謅的：青年長頸帽冠奇，不疑旅客摩肩立……。「驚嘆版」當然就是一堆誇張的驚嘆號：沒錯！是中午！人超級多！人擠人啊！

由於這本書的體例前所未見，出版後當然讓讀者大加讚嘆：太有創意了。還引發後來許多人模仿著玩。比如：你可以拿一首詩歌，試著練習以不同風格寫寫看。「鋤禾日當午」如果以驚嘆版來寫，該是：天啊！大中午的，熱死啦！肩膀上的鋤頭好重哪！

當我們讀到這樣的創意之書，為我們展現文字表演的各種可能，也能藉此大開眼界，活化腦力，激盪出更寬廣的思考能力。我喜歡欣賞這樣的創意演出。

有時我們將書買回，會遇見一種狀況：太忙了，沒

時間讀。因此，一本書往往被擱置在旁，多年後從新書變為舊書，還沒被讀完呢。針對這種情況，阿根廷有家出版社，居然出版一本以奇特方法印製的書；當讀者打開包裝，取出書後，如果沒有在兩個月內讀完，書本上的內容會慢慢消失。之後，印滿文字的書，變成空白之書，像是對讀者翻白眼怒斥：「誰叫你不早點讀。」

當然，這只是對愛書人的小小玩笑，我猜，買回這本書的人，還是會仔細思考，等自己真的有空閱讀時，才下定決心打開它，打開之時，便承諾一定盡快讀它。

也是來自阿根廷的另一本親子共讀的書，讀完之後，不是放回書架，

而是找個土質肥沃之處，比如花園或農場，挖個洞，將書「種」下。原來，為了提醒生態保育的重要，這本書在製紙過程中，加入種籽，讀完之後，重新種下，它會再長成一棵樹，不因為砍樹造紙，而減少樹的數量。這是一本尊重大自然的創意書。

日本的無印良品公司，有一年出版了創意滿分的「香料之書」，打開這本書，是一片片裝訂好的香料紙，有白胡椒、紅辣椒、咖哩等。如果出門旅行，可以撕下一片片香料紙，整本書帶著也行，用餐時，想在湯裡、菜餚裡加入什麼都可以。比如，嫌湯麵味道不夠，撕下一片七味粉的香料紙，丟入湯中，攪拌一下，嗯，味道好多了。

書與食物，成了最佳搭檔，不錯吧。

我有本長得像漢堡的書，因為書中故事與一個可怕的漢堡有關。這是根據主題設計的造形創意書。

二〇一五年，美國有位博士，帶領研究團隊，開發了「濾水書」。這本書的設計，是針對落後地區因為飲用不

乾淨的水，導致生病，而引發的救助思考。以公益出發，製作出的這本書，內容除了教導如何過濾乾淨飲水，及相關的衛生知識，每張紙頁含有銀與銅的奈米微粒，撕下後放在隨書附上的濾網盒，將水倒入，可過濾百分之九十多的細菌。這是一本以同情救難為起點的創意書。

　　書，有各種可能。世界真大，當我們放開心胸，閱讀世界種種創意，它們也會回饋給我們各種可能。

可愛的漢堡書

書話題

書是為了被閱讀而寫，所以有人說：一本不曾被讀過的書，不能叫做書。雖然你未必贊同這個定義，然而想想，如果作家千辛萬苦寫出的書，居然從來沒有被讀過，那也太淒慘了。

當然你可能會說，至少出版社的編輯會讀，本來該是如此。不過，如今有種出版方式，是以電子書形式，自行於網路上自費出版，中間完全不需要假手他人。萬一真的沒有任何人下單購買他的電子書，那可就是名副其實的「零讀者」。

我喜歡與朋友閒聊這樣的書話題，因為在這樣的輕

鬆暢談中，書成了有生命、有靈魂，至少是有趣的一個主
體。所以在開頭的這則書話題中，我與朋友可以繼續往下
挖掘：作家寫作時，須不須要心中「有讀者」，還是可以
任性的「為自己而寫」，先不管會不會有讀者？

　　與小朋友在一起，我更喜歡以書當話題，先不說書本身的內容，光是它們出版的過程，或延伸出來的命運，便有許多趣味橫生的故事可說。

　　舉個例子，我常問孩子：你們知道世界上最偉大的數字是什麼嗎？

　　一開始，孩子們各有解答。有人說，當然是一，因為所有比賽，大家都想奪得第一名；有人說，是無限。有次還有個讓我立刻笑開懷的妙答：是三，因為全世界的媽媽都說，我數到三喔。

　　當我揭曉我的答案是：「四十二」時，全場必定大叫：為什麼？

　　要說明這個答案，當然又是一則好玩的書話題。我說：「雖然這道題不會有標準答案，然而如果問的是科技界的人，尤其是熱愛科幻小說的人，他們通常給的解答便是四十二。」

　　因為有本英國的科幻小說《銀河便車指南》，是科幻

小說迷必讀之書，而書中便有這個情節，說是「宇宙間的終極解答是四十二」。

我有次閱讀一本解說大腦如何運作的書，在某頁插畫中，便看到畫中人物身邊，寫著四十二；其實這本書並沒有講到任何與科幻小說相關的事，反而是一本知識類的書，然而我猜，凡是看懂其背後理由的讀者，必定會對這位插畫者點頭微笑：原來我們都是《銀河便車指南》的愛好者。

於是，之後所有的讀者便開始猜，為什麼以四十二當作是世界上最偉大的數字？讀者無不絞盡腦汁，想出各種可能。有人說《銀河便車指南》作者道格拉斯是《愛麗絲漫遊奇境》的書迷，而四十二是這本童書中，最常出現的數字，連早期出版、丹尼爾插畫的書，也正巧一共有四十二幅插畫。

不過，也有人指稱，是向西方第一本活字大量印刷的《古騰堡聖經》致敬，因為當初印刷時，每頁有四十二

行，所以它又稱為《四十二行聖經》。

更多人則從科學上去解釋，比如陽光穿越水滴能折射出彩虹的角度正是四十二度角。而動畫電影《玩具總動員》中，巴斯光年的太空船就叫做四十二；有人甚至連美國歌手貓王四十二歲死的都搬出來了。

縱然不可能有正確答案，但在眾讀者聊這個話題的過程中，已超越讀一本書本身，得到更大樂趣了。

又如，許多小說也被改編為電影，只是，電影某些情節或是結局，與原著小說大不相同，這類與書有關的話題，我也很喜歡與小朋友聊。而且可以在閒聊中，對這本書了解更多。

像是英國作家羅爾德達爾的少年小說《女巫》，結局是變成老鼠的小男孩，再也沒有變回來，因為所有的女巫都被他消滅了；然而，電影卻改為，有位比較善良的巫婆，躲過一劫，於是最後以法術將小老鼠又變回男孩，讓他與老奶奶共度之後的日子。

這兩個截然不同的結果，你比較喜歡哪一個？這是個引人深思的書話題。

　　有趣的書話題，還有：你知道世界上有作家，生平只寫過一本書，但是這本書卻名揚全球，完全不輸那些著作等身的多產作家嗎？例如美國作家瑪格麗特寫的《飄》，不但舉世聞名，改編為電影《亂世佳人》，更是經典大片。

　　還有，世界上最暢銷的書是哪一本，你知道嗎？

　　對我而言，有機會與愛書的大小朋友聊書、話書，是件讓人「不知日之將落、老之將至」的忘憂時光呢。

專家級讀者

　　美國作家海明威曾提出「冰山理論」，認為好的書，只須要寫出一部分，就像冰山，只寫那露出海面上的部分；至於海面下那更大的部分，必須留給讀者用想像去填補，意思是請讀者自己想。

　　當然，作家得先將冰山之上那部分，寫得十分動人，才有辦法引發讀者自己補足作家沒明說、卻能完全體現的意旨。

　　比如，如果一本書，直接說「父親很偉大、我想念父親」，可能太直接，讀者未必真的受感動。而近代中國文學家朱自清先生，如何寫出對父親的感念呢？那便是家喻

戶曉的〈背影〉。通篇文章沒有明白說，但讀者會隨著作家之筆，看見胖乎乎的老爸，辛苦爬上月臺的樣子，跟著流下淚來，為父親對孩子的溫柔照料而感動。

好作家會以各種具體或隱含的象徵，來敘寫背後的意義。身為讀者，必須能讀懂。否則，遍覽群書，只知道那些故事情節，並沒有進一步收穫，未接收到作家其實要告訴你的事，那就太可惜了。

通常露出海面上的冰山，只占整座冰山的八分之一。所以，所謂的專家級讀者，就是能以專業眼光，深入讀到這些冰山底下、更龐大的八分之七意義。比如：整本《紅樓夢》，表面看來是一個家族的興盛與衰落，一些人的愛恨情仇；然而，作者曹雪芹要說的，當然不是只有這樣。

所以，曹雪芹真正要說的，是什麼？

又如：《西遊記》表面是僧侶帶著弟子至西方取經，熱鬧驚險的過程，讀得真過癮。可是，作者吳承恩真的只是說一個熱鬧驚險的取經故事而已嗎？他真正的用意，是

想藉著故事表達什麼呢？

　　有一回，我問小朋
友：「為什麼唐三藏取
經時，作者安排的是讓他
帶著一隻猴子、一頭豬，與
一個說不清楚是什麼的妖
怪？」為什麼同行的，
不是其他動物。

　　如果能深入的這麼
想，便是向「專家級讀者」之路邁
進。因為，作家選用哪些角色，都是有象徵意義的。

　　捷克作家卡夫卡，寫過一本十分知名的小說《變形
記》，開頭便說：某日主角醒來，發現自己變成一隻大甲
蟲。

　　如果你是專家級讀者，便會開始想：為什麼作家以令
人厭惡的大甲蟲，寫出接下來發生的事？如果主角變成一

隻可愛的小貓咪，故事情節會一樣嗎？這麼一想，冰山底下的真正含意，一定越來越清晰。

所以，成為專家級讀者的第一步，就是練習找出作者使用哪些象徵。比如，故事發生在哪個季節、什麼地點？主角最愛吃什麼，隨身攜帶什麼？整本書最常出現的東西是什麼？這些精心安排，能一點一滴，拼湊出作家完整的意圖。

我讀過幾本描寫小男孩成長的故事，書中都有老鷹，你覺得象徵意義是什麼？睥睨一切、高飛遠揚的鷹，與鎮日緩慢爬動，或一動也不動的烏龜，象徵意義一定不同。如果一本書中的重要角色是烏龜，必定又是另一種象徵意義。

好的圖畫書也常會這樣做，畫了什麼、用什麼顏色、何種構圖，都是有意義的，像是一種「符號」，如果能讀懂這些符號的象徵意義，便如同接收到畫家的暗號，立刻心意溝通，帶來閱讀極大樂趣。

　　華文圖畫書《團圓》，書中出現了一枚好運幣，為什麼？而且，過年時，全家好不容易團圓，作家卻先安排好運幣竟然不見了，最後發現其實一直在身上，這又是為什麼？畫家在這本書中，使用大量的紅色，有特別的象徵意義嗎？

　　書中還有一頁，故意將爸爸畫得好大好大，身邊的女兒好小，如果在真實世界中，這樣的比例好像不太對。可是，畫家一定有他的道理。專家級讀者的任務，就是在這種特別的圖畫表達中，好好想一想。

　　每位專家級讀者，最後讀到的深層意義也許不盡相同，那也沒有關係；其實，也沒有絕對的標準答案。只是，如果永遠只讀到表皮情節，忽略冰山底下隱藏更多基本意義，就像明明已站在一座堂皇廟宇前，卻根本沒走進去，與裡面的高僧對談。

　　等到成為專家級讀者，不僅閱讀收穫更大，最妙的是，有些充滿隱喻智慧的話語，也比較能懂。我們不妨來

測試一下：科學家愛因斯坦曾說過一段話：「我不知道第三次世界大戰，主要的武器是什麼。但我敢確定，第四次世界大戰，武器必是棍棒與石塊。」

　　你讀懂這段話，冰山底下的真實意義嗎？

不只是讀書

通常愛看哪一類的書，大概就是那一類的人。

每次看到小朋友沉醉在書中時，我總愛靠近他，看看他正在讀什麼？如果讓他津津有味的書是《基度山恩仇記》，我會幻想著：「嗯，這孩子將來可能是個富有正義感的人。」

如果他讀的是偵探小說，我會想：「這孩子以後大概很擅長追根究柢。」

如果是《三國演義》讓他愛不釋手，我會想像：「他將來是個軍事家或政治家嗎，還是哲學家？」

但是好的讀者，不應該只針對自己的喜好選書來看；

讀書的胃口，可以大，可以廣泛；更重要的是，對自己讀過的書，還要加以深度思考：我讀到什麼？讀完之後改變什麼？我贊成書裡的什麼、反對書裡的什麼？

讀者，可以反對作者嗎，可以反對書裡的話嗎？

小學時，我常被指定參加演講比賽。當時指導老師除了教語調儀態，還提醒：「禮貌很重要。」並且示範，從臺下座位走到臺上之間，中途須停下來，先對著臺上懸掛著的偉人照片，深深一鞠躬，表示自己知書達禮。

我當然照著老師的指示做，也發現不管哪場比賽，每位演講參賽者，都這樣做。看來這是一項行之已久的習慣。

有一次，我到達比賽會場，坐在臺下準備時，發現「糟了！臺上並沒有偉人照片。」那麼，還需要中途停下、深深一鞠躬嗎？

在我之前的每位比賽者，仍然依照前例，習慣的敬禮。我望著空蕩蕩的牆面，不斷問自己：「怎麼辦？」

　　那次我到底有沒有對著不存在的偉人照片鞠躬，我已忘記。只記得：老師不可能永遠都在身邊，在你遇到難題時，給你答案；必須靠自己思考判斷。

　　所以，讀者可以反對作者嗎？可以反對書裡的話嗎？當然可以。如果經過思考之後，你認定不需要跟大家一樣，對著空白牆面，可笑的敬禮。

　　當我們年紀還小時，先是個「相信書」的孩子；書裡說什麼，就相信什麼。尤其當大人說它是一本好書時。長大之後，書讀得越多、夠多，便能發現，一位好讀者，不該完全依賴書，把書當神一樣信仰。因為，世界上除了有好書，也可能有壞書。

　　什麼是壞書，當然因人而異。比如某本書，對十歲小朋友而言是壞書，但對五十歲的人，卻可能不構成任何傷害。

　　問題是當我們閱讀時，總不能身邊永遠有位智慧長者，幫我們辨別眼前的書是好是壞。所以，最好的讀者，

應該廣泛閱讀，而且要邊讀邊想，邊讀邊打分數。

　　總有一天，閱讀的品質與數量夠多，我們就會對書的好壞一目了然。而且，養成思考習慣之後，也能對任何狀況明確判斷；不該傻乎乎鞠躬時，便不必呆板的照著「老師說」採取行動，知道如何彈性應用。

　　此外，就算是一本好書，我們也一樣有資格對書中的說法，持相反意見；或是雖然與作者理念相同，但做法完全不同。這就是法國的文學批評家羅蘭巴特著名的論文主張：「作者已死。」

　　當作家完成一本書，作者的身分、任務就完成了；作者已死的意思，是要提醒讀者，接下來的工作，需要讀者自己去尋找、解讀這本書對你的意義。

　　舉例來說吧。有本《花婆婆》，是國內外知名的圖畫書，也是童書界公認的好書，我十分喜愛作者芭芭拉庫尼優雅的圖畫風格。然而，這本書的內容，卻讓科學界急得跳腳，對它又愛又恨。

因為，書中故事是真人實事，真的有位魯濱女士，到處撒羽扇豆種子。許多孩子因為童年時，媽媽或老師帶讀這本書，受到鼓勵「要為世界做一件美麗的事」，於是長大後，不管至哪裡旅行，背包中也學書中的花婆婆，帶著羽扇豆的種子，山邊海角到處灑啊、播種啊。

然而羽扇豆其實是一種入侵性高、繁殖力強的物種，不少地方被這種強悍物種侵襲，造成當地原生物種滅絕。

所以科學界、尤其是生物界,會對這本童年好書,愛中又帶著恨。

我想,如果閱讀本書,有想到、或是有大人帶領思考過「全世界只有一種花,這樣真的美嗎?為世界做美麗的事,做之前,需不需要請教專家?」等延伸問題,閱讀一定會更完整。

閱讀,當然可以對書中的種種發出質疑,也應該如此。並不是質疑作家本意,沒有人會苛責當年的作者芭芭拉庫尼,畢竟她寫書時,科學資訊不多,而且她的本意是好的。然而,既然現代人資訊豐足,就應該對每次閱讀,自行負責,補足書中的不足與缺失。

有一次,我帶領小朋友共讀一本圖畫書。這本書也是國際知名作家寫的,得過許多獎,好多人都誇讚得不得了。當我們讀完,的確也被它的內容感動,更針對它的故事做了好多討論。

但是,這是不夠的。我還想讓他們學會評鑑這本書,

深度思考。我問：「如果能改變這本書，你想要改變哪三個部分？」

結果，孩子們重新再讀，以新的角度認真思索，結果發現：有的人其實不愛結局，想要改變它；有的人發現某一段作者的安排根本不合常理，還有人認為：男主角的性格太懦弱，不配娶女主角。

讀書應該這樣，不只是讀它，懂它，還要評鑑它。評鑑可不是「為反對而反對」，是依據自己理性的判斷，或個人情感喜愛，來決定自己要不要認同作者的想法。作家不是神，有時書也會出錯。就算它沒錯，我們也不一定要採取書中相同行動。藉著一次又一次的閱讀與思考，讓自己的想法更多元、更全面。

讀書不僅僅是為了知道書裡說什麼，還需統整這些、那些，然後問自己：「它們，對我的意義是什麼？」

更好的是，如果還有書友與你一起思考、辯論、分享，那就更完美。我的經驗是：和朋友約好讀完某本書，

然後找機會聊聊。這是很精采的「以書會友」，往往會比一個人讀的收穫更大。

不只是讀書，還要評鑑所讀的書，評鑑自己讀過的想法。書中感動你的部分，將來可能會成為你性格的一部分。很多愛上《傲慢與偏見》的人，都會盡可能的提醒自己「既不可傲慢，也不該有偏見」呢。

書之前人人平等

　　我喜歡讀書，有機會去跟小朋友討論書、談閱讀之樂，更會讓我熱情的使出渾身解數。我希望從自己的成長經驗中，帶給孩子們一些過來人的有用想法。只是，其實往往在與小朋友的「閱讀之約」中，得到最大收穫的是我自己，至少我常被逗得笑開懷。

　　有一次，有位小女生提問：「您小時候本來的志願是芭蕾舞明星，後來為什麼當作家呢？」

　　大哉問。我清清喉嚨，坦白相告：「我童年立下宏願，要站在舞臺當耀眼的芭蕾舞巨星。但是你們要知道，成為明星必須有特定條件。」

「比如，第一要件就是得要有好──身──材！」我故意將關鍵字拉長，一字一字慢慢講。

　　豈料，眼前的一個男孩，竟然高聲、且表情懇切的說：「妳有身材啊！」

　　眼前這位十歲男孩，一臉的懇切，大概也是因為僅有十歲，涉世未深，我和旁邊的老師們都笑彎了腰。

　　閱讀真快樂，因為談「閱讀」而引發的笑點更讓人開懷。

　　有次接近農曆年時，我跟孩子們聊過年的典故，先從認識門神開始說起。

　　講完門神故事，我說：「你們可別以為門神都是些威猛的大漢。門神也有女的喲。」

　　「我知道！」一位看起來斯文有禮、滿腹經綸的男孩舉手搶答。「因為要用美人計嚇退妖魔鬼怪。」

　　我當場笑翻。

　　有一回，我講述《美女或老虎》的故事，讓小朋友知

道：閱讀可以訓練思考。當然也順便徵求小朋友的答案。

　　故事大意是：有位公主愛上不該愛的平民，為求生動，我故意說成「公主愛上一個賣饅頭的。」國王老爸很生氣，出個難題，給平民青年兩扇門，一扇門後是老虎，一扇門後是美女。平民青年如果運氣好，挑了美女之門，可以娶回家；運氣不好，老虎跳出來，肯定咬死他。

這國王老爸心腸狠毒，明知公主女兒必會想辦法給情人暗示，不忍心讓男友死亡。只是，不管選美女或老虎，都會讓公主心碎。狠心老爸出此策略，為什麼呢，除了懲罰，背後是否還有更深的、心理學上的意義？

　　通常，面對這篇故事留下的難題，選擇美女的，理由多為「愛不是占有，只要讓心愛的人能平安的活下去，我心足矣。」選擇老虎的，原因則多是「與其讓情人與美女結婚，不如讓他被老虎吃掉，否則我一輩子都會活在嫉妒中，十分痛苦。」

　　不過，我常聽見小朋友另有妙答。一個女生說：「我要選老虎，讓情人死掉。」為什麼呢，因為「反正我以後也會死掉，便能和他在天上相聚。」果然是清純天真的十歲小孩。

　　另一位女生則答：「我才不給情人暗示呢，讓他自己選，開哪扇門都靠他自己的運氣。」為什麼呢？因為「如果我作弊被國王老爸看見，可能把我們兩個一起殺掉。」

嗯，這個答案真是深思熟慮。

這是我喜愛與孩子討論書的原因；我這個大人，有時能從純真孩子身上，得到另一種看待世事的眼光，這點很重要，在書之前，大人或小孩，都是平等的。每個人的閱讀想法，都一樣可貴。

未來的書

書的定義已不再是紙與墨，有了電子書之後，我還想要更多革命性的產品，比如以下這些「目前沒有、未來可能有」的書。科技時代，如今雖然已有相似發明，比如虛擬實境、AR效果的書，在手機裡下載相關程式，對著書頁，便會出現一隻栩栩如生的恐龍，或煙火在空中發出耀眼光芒；以及已經可以在網路上買到「可以吃的書」，用可食用的紙，加上可食墨水印製。不過，我對書仍有更多期待，希望有一天，原本只是我腦中的這些發明，真的能出現在書店，供大家選購。

實境之書

「李強在黑夜中打開門，門外是一片黝暗。」這是書裡的一句描述。「黝暗」你懂，字典上會告訴你，就是很暗的意思。但是，這暗度，究竟有多暗？

是像素描用的碳筆，用力且密集的刷出來那種黑嗎？很濃厚的黑，帶些粉粉的感覺。是像冬季黑色毛呢大衣，軟軟的、絨絨的感覺？還是我們頭上那略帶點褐色的黑髮，隱約有些光澤感？

喜歡以影像來感受一切的人，大概很需要一本能讓人身歷其境的書吧。

如果能隨時「走進書中」，如果能讓書中的風景不時

浮現眼前，一定能滿足「圖像型讀者」的好奇。也或許，還能讓讀者對照一下，原先閱讀文字時的憑空想像呢。

我期待一本「實境之書」，以虛擬但又不僅僅是「虛假」的方式，帶領讀者上山下海、穿梭時空，讓書中景物完全展示，一覽無遺。

這本實境之書，閱讀時不必戴上笨重的眼鏡或頭盔；當讀到「李強在黑夜中打開門，門外是一片黝暗」時，只要按一下書上特製按鈕，頓時，你真的來到李強所在的夜色中，看到那「一片黝暗」。你發現，原來，這樣的夜色，除了如墨水般深不可測，還夾雜著朦朦朧朧的幾點微弱星光。你感受到李強站在這樣的夜空下，必然感到一股莫名的寒意。忽然間，你也發呆起來，忍不住將雙手圈在嘴邊，輕輕呵出一口熱氣，想讓身子暖一暖。

多麼眼見為真啊。

如果真有出版社願意製造這麼一本書，我直覺到會是從旅遊類的書開始。人們習慣以「臥遊、神遊」等字眼

禮讚旅遊書的功效，但是，親歷其境不是更奇妙嗎？比如
《阿里山日出》這本書，有了實境功能後，你將看到「起
先是灰茫茫的雲靄」中的雲靄，哇！原來是一團團如爆開
的木棉棉絮，而非像藥用的棉花棒那樣的飽實感；「一球
火般的朝陽升起」，則透過展現的實境，你知道所謂的
「火」，不是完全燃燒後帶淡藍火燄的那種火，反而像是
老奶奶拜拜後燒紙錢的那種赤紅色調，更亮更熾烈。

　　至於我自己，最衷心期待的是《紅樓夢》的實境之書
版本。我渴望看到林黛玉第一次到賈家時，她看到的賈府

是什麼景觀。我將試
著體會，當時，幼弱
失親的黛玉，見
到龐大奢華的賈
家，心裡起了什
麼波動。我一直
認為，她日後孤僻寂寞

的心境，肯定跟乍臨陌生環境的第一印象，有很大相關。

　　我還想看到英國作家狄更斯小說《雙城記》一開始時，那輛從倫敦出發的馬車，在所謂的「迷濛大霧」中爬行；那是場什麼樣的大霧，讓馬車爬行得如此費力？

　　我等待著，實境之書帶我到遙遠異國，美國作家丹布朗《達文西密碼》中，他去過的那些神祕殿堂；也許，先到《獅子女巫與衣櫥》書中那個窄小悶熱的衣櫥裡，好像也不錯。

　　你呢，如果真的發明了實境之書，你第一本待讀的，是哪一本？

> **實境之書** 的小小缺失──讀者可能會失去想像空間。

隨身之書

　　「誰也不知道，下一通電話，會是誰打來？」這是書裡的一句疑問。於是，你也跟著忐忑不安的等著，會是誰呢？是跛腳的屠夫，是神祕的黑衣人，還是笑容可掬的李媽媽？

　　當你急著翻開下一頁，準備揭曉時，耳邊卻傳來爸爸的催促：「好了沒？往月球的十三號軌車就要開了，我們快趕不上啦。」

　　別懷疑，也許不久之後，人類隨時可到月球旅遊，已不是空想瞎說。然而，你手中又厚又重的這本《電話謀殺案》，實在不方便攜帶。雖說月球上引力小，重量不是問

題，但是，有誰去旅行，還背著一本上千頁的書啊？書的體積太大，收進旅行箱，好占空間。

所以，我們需要一本「隨身之書」，設計概念源自孫悟空的金箍棒，變大縮小都沒問題。平時，它也許是一千多頁、十三公斤的「鉅著」，然而，只要按個鈕，手中的大部頭書立即縮小為火柴盒般，讓人輕鬆塞進口袋，不論上班上學、出國旅遊，甚至上火星、飛向月球，都能與你同行。

最重要的，抵達目的地，再按個鈕，它又恢復原有尺寸，一點也不妨礙閱讀。不像現有的口袋書，篇幅有限，字也太小，有違視力保健。

只要選用合適材質，「隨身之書」不會是個狂想。有一種毛巾，原來只有嬰兒拳頭大小，浸入水中，馬上膨脹成大浴巾，不是嗎？

我的隨身之書太多了，必要的一本應該是二千零五頁的《辭彙》。自從使用電腦打稿子（再不能說是「寫稿子」了），忽然間，貪婪的「婪」、呼籲的「籲」，陌生得像是我的語文老師沒教過。不管何時何地，我太需要《辭彙》這本書，讓我隨時方便查閱生字難詞。

如果真的研發出可以變大變小的「隨身之書」，那麼接下來，就是哪些書該被如此印製？

首先，當然是地圖類的查詢實用書囉。

除了工具性的實用書，我強烈建議不可或缺的隨身之書，是詩集。

「枯藤老樹昏鴉，小橋流水平沙，古道西風瘦馬；夕陽西下，斷腸人在天涯。」多悽惶的暮色啊。然而，再怎麼斷腸悲傷的人，再怎麼尋尋覓覓、冷冷清清，不管身在何處，只要口袋裡有本詩集，隨時可以取出來，按個鈕，恢復詩集原來尺寸；書中也許有精美插畫，也許附有大量解說。此時此刻，此情此景，便可以「風簷展書讀」，大聲朗誦詩句；以詩人為貼心至交，以詩句為忘機之友。

喜歡小說情節高潮迭起的讀者，一定不會容忍閱讀被打斷的；一本隨身之書，不論上銀行、等公車，同樣能滿足「無間斷連續感」。

什麼人帶什麼樣的隨身之書；如果在路上發現一個陌生人，從口袋中取出個小盒，微微一笑，無限愛憐的撫摸一番，然後，小心翼翼的以食指輕彈盒面那圓形的、亮銀色的按鈕，霎時，他手中捧了本《小王子》；這時你會明白，剛才他的動作為什麼如此溫柔。他是個情感豐沛的愛書人，他隨身攜帶着這樣的溫柔。

「你的口袋中有哪本隨身之書？」也許，這是將來取代「吃飽沒」這句見面問候的一句話。我衷心期待，並決定訂製一個更大的口袋。

隨身之書 的小小缺失──穿著沒有口袋衣服出門的人，可能會被誤以為是文盲。

氣味之書

我喜歡在樹林間漫步，樹林中總有一股強烈的氣味。

這氣味，也許已累積數萬年，是由許許多多參天大樹加起來的，一點點柏木的清甜，一些些杉樹的甘香，再加上陳年地衣濃郁的辛腥味。走在林間，彷彿被一襲厚厚的氣味緊緊裹著。

閱讀，除了視覺外，可不可以也讓嗅覺加入，成為感官的最佳夥伴呢？

假設打開一本書，看到這樣的句子：「幾朵鬱金香兀自在花園深處，孤零零的綻放幽香。」你以手指輕輕碰觸書上的「幽香」二字，然後放在鼻尖；不久，鬱金香雅而

不豔的氣味在你鼻間淡淡散開,你終於知道,為什麼作者選擇「幽」這個字來形容它了。不是嗆辣的豔香,不是幾乎聞不到的微香。幽香恰到好處,輕盈如一縷飄過的煙,讓人聞著舒服。

好幾次在國外機場的免稅商場,我總是流連在香水專賣店裡。為了讓客人具體感受各式香水的真實氣味,店員會用一張小小聞香紙卡,在顧客面前輕輕搧動;聞香卡上噴了香水,還有精心繪製的圖案,我習慣將它們蒐集起來,裝訂成一本迷你的「氣味之書」。

　　我們有時會以「看得津津有味」來形容一個人的專心閱讀，倘使真能「有味」，還真有趣呢。比如，書上寫著：小兔子搖搖頭，說：「不要，這萵苣發爛了，我不吃。」你連忙摸摸書上畫的萵苣，拿近鼻間一聞，哈，原來萵苣爛掉的氣味是如此這般，真臭，難怪小兔子拒吃。

　　另一本書上寫著：「媽媽頭髮，是南國五月薰衣草田的味道，能治好我的鄉愁。」你湊近「薰衣草」三個字，聞到紫色小花盛放時，那股有些嗆鼻卻又十分清爽的氣味，這下子，沒療好你的鄉愁，也能治一治你的好奇心了。

　　一本滿足讀者臨場嗅覺的「氣味之書」，設計時最大挑戰應該是：如何讓讀者的嗅覺隨時歸零。才剛聞過書上寫的「朝天椒」是如何刺鼻逼淚，下一頁忽然是「踏花歸去馬蹄香」，讀者的淚水還在眼眶打轉呢，怎麼揮走嗆辣，改聞花香？

　　所以，這樣的氣味之書，必須考慮氣味如何還原的

方法，也許附贈一瓶「新鮮氧氣」，也許是把「一搧就通風」的扇子。

如果真有「氣味之書」，最受歡迎的，當然非食譜莫屬了；不論麵包烘焙、法式料理、北方餅食、江浙點心，都可以先聞一下成果。

不過，我更期待一本「明日氣味之書」。所謂的明日氣味，就是尚未被人類嗅覺到的味道。誰敢說世界上的氣味，只有我們熟知的那些呢？你聞過火星石、嗅過外星人鼻涕嗎，你難道不想知道那是什麼氣味？

還有，二十二世紀臺北街頭會是什麼氣味？一百年後的北京，深呼吸時，聞到了什麼？不如，先來一本「大預測氣味之書」吧。

氣味之書 的小小缺失——對特殊氣味過敏者，必須小心閱讀。

意念之書

一定有人在看書時，被氣得火冒三丈。

比如：書裡那個老實忠厚的小職員，偏偏被刻薄至極的老闆百般欺壓；比如：女主角明明深愛著男主角，卻因誤會，負氣嫁給別人。再比如，故事中全村的人都知道敵人快來了，得盡速逃離，女主角卻被壞心眼的姑婆蒙在鼓裡。

讀者真是又氣又急，卻無能為力。

如果可以改變，在關鍵時刻扭轉乾坤，該有多好。老實人不受欺凌，有情人終成眷屬；可愛的女主角沒被敵機炸死，活到地老天荒，成了人瑞。

這可不是作者的錯，誰抓得準讀者的喜怒哀樂呢？

不如，發明一本「意念之書」，閱讀時，將特製儀器與讀者腦波相連，隨讀者的情感傾向，更換故事情節。

當儀器探測到讀者的心跳越來越快，腦波中呈現大片紅色，表示他的情緒太激動了。此時，儀器操控著書，自動變更截然不同的情節。

這樣的書，在設計時就須想好幾種發展途徑，畫出線路圖。就像這樣：

箭頭處，代表一個關鍵點。書本印製時，以特殊材料，比如：不同墨色，來分別印刷。黑色是第一種選擇，藍色第二種。起初，讀者看到的，是第一種版本，黑色字

體印刷。當讀到關鍵處，儀器探測到讀者比較傾向第二種選擇，藍色字體自動覆蓋黑字，變成另一種版本。

　　「意念之書」的最大好處，是讀者有更多選擇權。現有的紙本書，大多只有一種情節，一個結尾。而意念之書，像是在讀者面前開了幾扇門，愛往哪個門進，就往哪

個門進。不同的門,呈現不同風景。

　　雖然目前已有電子書,可透過電子設備操作,選擇讀者想要的後續情節。但是,我仍偏愛紙本書,我希望手中的紙本書,一樣有自動變化情節效果。而且,必定比電子書更炫更酷,因為不必按鈕動作,全憑腦波意念。

　　若有意念之書,我想讓《西遊記》裡的孫悟空不再窩囊,回復他原來英勇姿態。當讀到原始版本裡的唐三藏念起緊箍咒,我一把怒火湧上腦門;不一會兒,書上忽然字體改變,浮現出以下的句子:

　　　「唐三藏才念起緊箍咒,孫悟空便摸摸鼻子,笑著說:師父,昨天如來佛邀我喝下午茶。我們喝了兩盅人蔘果後,他決定收回緊箍咒,您忘啦?」

　　再來一本《白雪公主》。當巫婆王后問魔鏡:「誰是世界上最美的人?」時,我揚揚眉毛,儀器探知我的喜好,書上出現的句子便是:只見魔鏡匡噹一聲,掉落地面,碎成一萬片小小的迷你魔鏡。每片都張開嘴,說出一

個人名，計有「白雪公主、王后、美人魚、西施」等一萬個絕世美女。

瞧，人人有分，皆大歡喜。白雪公主於是有了不一樣的命運結局。

「意念之書」其實是為了滿足每個人的控制欲。就算在閱讀時，身為萬物之靈的人類，還是期盼能享有最大的掌控自由吧。

意念之書 的小小缺失——有些讀者的真正想法，難以捉摸，說不定他們自己也搞不懂。

可食之書

有人愛將書本比喻為「精神糧食」，意思是閱讀能滋養心靈，讓精神飽餐一頓。那麼，何不讓書本不但是精神的、也是實質的口腹糧食呢？

這種可食之書，可分為兩種；一為「情境式的」，另一為「純食用性的」。

所謂情境式，是指當書中提到什麼可食物品，就搭配出現這個食物，讓讀者邊讀邊食，與作者同步咀嚼，順便對照作者所形容的味道，到底恰不恰當？

至於純食用性的，就是書等於食物，以可食的材料印刷裝訂，製作出一本「可吃之書」。於是，讀者完全能體

會「煮字療飢」是
怎麼一回事。

想像一下這
個畫面：當我們
讀到「安安望著
眼前的義大
利通心麵，
只覺垂涎三
尺，迅速伸出顫抖的
手，準備大塊朵頤」時，你大可不必以顫抖的手去和安安
搶食，因為，書本邊就附有一個真空包裝小袋子，裝著一
口通心麵（但可惜是冷的），你只須撕開，便能體會安安
吃進嘴裡時，為什麼會「忍不住掉下淚」來。

有了可食之書，肚子餓時，不一定得找餐廳，書店將
成另一種選擇。當我們走進書店，來到標注「可食之書」
的專區，可以盡情發揮嗅覺、觸覺與想像力，好好挑選一

本美味的可口書籍。

　　請看，那本淡綠色的書，書名是《六月的草原》，封面並有一行小字：「本書以純植物原料製成，內容物為菠菜汁、青豆仁、麵粉、蛋、鹽，可直接食用或撕成碎片煮湯。」

　　於是，你到櫃臺買一個附熱水的紙杯，結帳後帶著書與熱水來到座位，先迅速看完第一頁，也許是作者序，然後將此頁撕下來，扯為碎片，泡進熱水杯，攪一攪。接下來，你不但有杯熱乎乎的濃湯可喝，還能一邊讀著關於「六月草原」的美麗詩篇。當然囉，太餓的讀者會讀一頁撕一頁，把文學吃進肚子裡。

　　這會兒，誰都可以大言不慚的說：「本人滿腹詩書」了。

　　可食之書最適合旅行攜帶用。當一個人在陌生城市，臥褥於異鄉旅館，孤獨的枕邊，一定要有一本從故鄉帶出來的「可食之書」。你能一面朗讀故鄉詩人以母語寫成的

詩歌，還能啃著充滿家鄉風味的點心；如果是臺灣出版的，可能是蚵仔麵線或牛肉麵口味。既可以療鄉愁，更是絕佳的宵夜點心。

當食物成了書本的附加價值，可以預見屆時電視上出現的廣告，會有以下的對白：「你吃過最新版的哈利波特嗎？是麻辣口味的耶。」「是嗎？我還是鍾愛初版的蔥香雞口味，一下子就吃光了。」

至於讀者有沒有「一下子就讀完了」，那我可不敢保證。

可食之書 的小小缺失──將來還得發明另一種書，教人「如何拒絕一本美味的可食之書」，或發明「可食之書瘦身法」。

變身之書

如果你是個講究外形美觀的人，閱讀時偶爾會遇到難以忍受的事──為什麼男主角長得這麼蒼白削瘦？為什麼女主角的雙眼呆滯無神？

不知道從什麼時候起，原本滿紙文字的書，為求美感，開始加上插圖。於是，當我們閱讀時，這些手繪或電腦繪製的圖，甚至是攝影作品，便對整個閱讀活動產生許多始料未及的影響。

比如：當一本書上寫著「林小姐長得真美，像白玉雕成的一尊塑像」時，我們腦海裡會自行幻想出無數個林小姐的可能長相。接著，你手指一翻，看見插畫家筆下林小

姐的模樣，此時，你的感受說不定會十分失落，因為，和你原先想像的相差太遠了；鼻子太翹、眼睛太斜、髮型也不妥。

你的閱讀受到阻礙了，剛才，還熱愛著的林小姐，卻在一幅你不甚滿意的圖像中，嚴重扣分。

然而，插畫家哪有辦法滿足天底下的讀者呢？當有人推崇「紅配綠，多貴氣」時，卻也有人主張「紅配綠，俗到底」呢。

所以，一本「變身之書」，功用便在於：設法滿足這些有自己審美學的讀者，讓他們能隨心所欲，選擇書中角色的長相。

閱讀這本書前，先打開書中附贈的光碟。光碟中已設計好幾道手續，請讀者輸入自己對書中人物長相的期待。例如：男主角這一欄中，你勾選的是「白種人、約十五歲、身高一百七十五、略瘦，五官像布萊得彼特。」輸入完畢，打開這本「變身之書」，果然發現書中男主角的插畫，正是你心目中的理想造型。

萬一閱讀中途，你發現大事不妙，男主角是三個小孩的父親，你原來設定的「約十五歲」根本違反常理，還可以重新輸入，順便再整一次造形；這回，如果你高興，就改成「五官像山頂洞人」也行。

這樣的書，可以考慮以多層雷射雕刻方式印製。我曾見過一種雷射光打出的圖板，不同角度有不同圖案。一本變身之書，如想隨時改變書中人造型，就須預先組合出多種選擇，印製在同一頁。當讀者選定，那一頁便呈現出讀者喜愛的圖案。

這樣的變身之書，用來閱讀小說，一定很有意思。你

讀到「秦大槐欺侮善良百性」，一時氣得火冒三丈，趕快重新輸入秦大槐長相；哇呀，朝天鼻、嘴斜眼歪、滿臉麻子、身高不足一百五十公分，走起路來還一拐一蹶，好個世紀大醜男，痛快！

至於「李英梅心地善良，卻總是被薄倖男拋棄」。沒關係，在「李英梅長相」那一欄中，我們不妨讓她成了絕代佳人、西施再世的大美女，聊表安慰她受創的可憐心靈。

其實，變身之書，無非是滿足讀者的個人美醜觀。現實生活裡，內在比外貌重要多了。不過，話說回來，如果我們也能隨時變身，那也不錯。

變身之書 的小小缺失──有些讀者可能會變得無法接受現實生活中的自己。

催眠之書

「一隻羊、兩隻羊、三隻羊……」這是傳統的催眠法。然而，往往數著數著，羊的身影卻越來越清晰，甚至，你彷彿還能嗅到那股羊臊味。

失眠是多麼痛苦，我想盡一切方法，除了數羊，我還數流星、數自己的呼吸；然後，我起身喝熱牛奶，做柔軟操，還播放「冥想樂」的錄音帶。我要放鬆，讓自己如一朵雲飄浮、如一道風飛舞。

可惜，我再度失敗。睡眠像靈感，越需要時越杳無音信。

請給我一本書吧，讓我「開卷有夢」，讓我一打開

書，就能被它催眠。

這樣的「催眠之書」，並非從前我們諷刺的「乏味到令人想打瞌睡」。它可是由專業的心理學家精心編輯而成。

首先，你必須了解自己在心理學上是屬於那一類，是神經質、粗線條，還是中庸類？催眠之書附有幾道簡易測驗，做完後對照解答，你便能知道自己的分類。

如果這世上有魔法，像《哈利波特》書中的分類帽，就省事多了。

了解類別，才能選擇適合自己的「催眠之書」。

催眠，其實是對自己的心理起暗示作用。每個人的心理狀況不同，所需的催眠法當然也不相同。像我這種神經質、敏感得不得了的人，可能就需要一本「深度催眠之書」。

催眠之書的催眠作用，主要在兩方面運作。第一是書的編排方式；比如，有人看到藍色的、標楷體的、大小

約一公分的字，就變得昏昏欲睡；有人習慣對著橫式編印的書打瞌睡；有人一打開都是刪節號的書，眼睛會越瞇越小。

第二方面是在書本的內容。想讓讀者越讀越想睡，情節當然不能太刺激。比方：書中提到大明在野外迷路，為了不嚇醒讀者，千萬別安排大明遇見獅子老虎或外星人，最好是讓他一直蹣跚走著，從第一頁走到第十頁，第十一頁是天黑了，大明在樹下打個盹；然後從第十二頁起，又連續走上十頁。

你可能會大喊：「這本書，難道每一頁都印著：大明一直走著，一直走著……」當然不行。如果是這樣，讀者反而會迅速翻過，越翻越有精神；結果，才三分鐘，就翻完一本書，卻毫無睡意。

這樣的書，必須有高明寫作技巧，運用心理學各種原理，讓讀者在字句間，彷彿走著走著，越走越遠，卻不得回頭。因為，它牽引著你的神經系統，在段落中迷路，越

讀越迷惑，卻懶得解惑，只想閉上眼睛，結束這段閱讀之旅。

　　一旦讀者闔上眼，打著呼，催眠之書便自動偵測到，進而發出低週波頻率，讓讀者能繼續安詳入眠。

　　真希望趕快發明催眠之書，我們就不須仰賴安眠藥或鎮靜劑了。

催眠之書 的小小缺失──圖書館可能無法確定它應該分在哪一類。

摘要之書

　　和朋友到一處景色絕美的山上旅行，迎著風，心情大好，忽然想吟哦兩句詩詞，以搭配此時此刻心境；思來想去，卻憶不起以前最鍾愛的那闋詞。

　　聽朋友訴苦，想好好安慰他；彷彿記得以前讀過一本小說，主角的境遇十分類似，正可派上用場。不料，絞盡腦汁，卻壓根兒尋不到書中最感人的那句話。

　　還有一種狀況也很令人氣結，聚會中友人大談某本書，各自發表論點。你其實是讀過的，讀的當時也頗有心得。然而，如今你忘得一乾二淨，甚至，連作者名字都已成過眼雲煙。

很多人都主張：閱讀在精不在多、重質不重量。因為，只有最精華部分，才值得存留在我們腦子裡。只是，可惡的腦子，老像不聽話的反對分子，希望它記得的，它偏偏隨看隨丟；不需要它記住的，卻往往緊緊黏在記憶某個角落。

　　所以，我需要一本「摘要之書」，附有記憶晶片。當閱讀到令我震撼的美言佳句時，取出掃描設備，迅速載入記憶晶片，然後，經由某種轉換器，讓晶片裡的資料成為我腦中的長期記憶。如此一來，腦中永遠庫存著最智慧的吉光片羽。

　　但需注意，摘要之書所附的記憶晶片，容量不可太大，否則，會造成「投機閱讀」。閱讀必須老老實實的精讀細讀、深思熟慮，不能只仰賴科技產品。假如靠著記憶晶片，將整本書都輸入腦子，只會造就偷懶的讀者，卻失去閱讀真正的樂趣。因此，為了防止「投機閱讀」，千萬得控制晶片容量。

當我讀著《老人與海摘要之書》版，我的晶片想輸入的，是作者海明威描述老人眼中所流露出來的堅毅。一個人的心靈狀態，能從眼眸中表現出來。我希望我永遠記得老人眼中面對無垠大海的那種無畏無懼。

我讀《西遊記摘要之書》版，一定要將悟空的法術摘要進腦中。現實人生中，我是個手無縛雞之力的文弱書生，遇到自己無力解決的難題時，這些法術或許可以讓我擁有精神上的安全感。我可以吟誦著這些超強法術，面帶微笑的走過生命裡中一道道難關。

以後，朋友相會，還能討論彼此的「摘要之書」，各自摘要哪些部分。而出版社也應該

有「摘要之書售後服務」，幫讀者修正或增刪記憶內容。

　　不想讓腦子裡植入太多人工記憶的人，也別緊張。說不定，另有「閱讀緊急救援」公司，可以提供這類服務。

　　萬一世道逆行，遇上什麼焚書坑儒慘案，有了許多人腦中植入的書籍摘要，至少就能拼湊些書的大概原貌了。當然，這種事件別再發生才好。

　　摘要之書 的小小缺失──可能成為考試的作弊新招。

音效之書

　　我其實是喜歡寧靜的，總覺得「寧靜」這兩個字本身就帶著一種神祕的美感。但是，萬籟俱寂中，遠方忽然傳來若有似無的笛音，反而讓人感覺更靜更好。

　　所以，聲音不是不好，得出現得恰到好處，得和其他環境搭配得巧。

　　一般的閱讀，都是眼睛當總管，其他感官休息。我老是想像：當人在看書時，眼睛忙得不可開交，而鼻子嘴巴耳朵眉毛，卻百無聊賴的發著呆，不知做什麼好；說不定，他們有時也會抗議，也想參與整個的閱讀行動呢。

　　我想要一種書，暫且稱它為「音效之書」，讓一雙耳

朵可以成為看書時的副總管。我的音效書,不是只有按按
「獅子」二字,就聽見微弱的模擬獅吼聲,我要的是能確
切表達書中此情此景的音效。

　　現在的「有聲書」,其實是錄製的唱片,播放著聽。
我的音效書,是如假包換的一本書,當我讀到「無星無月
的夜裡,李欣輕輕哼起媽媽最愛唱的那首歌」時,按下按
鈕,便從潔白的紙頁間傳來溫柔歌聲。我闔上書,那聲音

停住了，而溫暖如五月煦陽的歌聲，仍不斷迴旋在我腦中。

這是多富旋律感與臨場感的一本書。

我還想聽「她的憂傷如風中蘆葦的悲嘆」，那是什麼樣的淡淡悲鳴？或是「大鼓急搥，如暴雨狂掃」的那種震撼聲音。

如果真有音效之書，我最熱烈期盼的，應該是寫作者原音重現的「作家音效書」了。我多渴望，能親耳聽到十九世紀英國詩人丁尼生，以他渾厚嗓音朗讀著他的詩句：「其下是匍匐如縐的海洋……」；他的聲音，也如浪濤洶湧澎湃，拍打著讀者的靈魂。

將來，當音效之書普及後，每位作家都能在自己書中，選定幾段最適合朗讀出來的部分，製作成「有聲有韻」的書。我們將可以讀到某本書，是一位幽默作家寫的，按下書中最精采的一句對白，可以聽到作者本人以忍俊不住的笑聲，開朗的念出這一段。於是，連讀者也跟著

忍俊不住，笑口大開。

我一定會多買幾本這樣的書，贈給老是愁容滿面的朋友。

當然，我們也會讀到戲劇張力頗強的小說，由作者以聲音朗誦出書中最經典的片段。到時候，閱讀的感動可以化為聲音，餘音繞梁三日。當讀者偶爾想起書中的某句話時，耳邊一定也會響起作者為這句話朗讀出來的音效。

只有作者最明白自己作品的原意，所以，他朗讀出來的聲音，也最能接近作品想要表達出來的感情。

那麼，我也想出版一本「音效之書」了；我要以春天微風般的嗓音，為讀者喃喃念著我書中寫的詩：「當我老得像海洋，你，是否搭月光來訪？」此時，我但願真有一片銀白月光，搭著我的聲音，輕輕降落在讀者的肩膀。

音效之書 的小小缺失——書太舊了，會走音變調，失去原意。

聯結之書

閱讀時如果被打斷，那真是最掃興的事。

「女主角正被歹徒追趕，一不小心，跌倒在一大片沙漠玫瑰旁；花色鮮紅美豔，但卻令她毛骨悚然。」

「沙漠玫瑰」竟會令女主角害怕，必定是不尋常的花卉。可是，小說情節正在高潮處，讀者才捨不得放下書，去翻百科全書，或上網搜尋這種奇特花卉的資料呢。

一本「聯結之書」，恰恰能解決此類煩惱。但又不是電子書上那種按了之後，連結到另一個螢幕畫面。我還是希望一切都在紙書中呈現。

於是，只要讀到不明白處，比如：往「沙漠玫瑰」四

個字一按，書的空白處會出現一排字，告訴你「別名『天寶花』，全株有毒，乳汁的毒性最強；四至十月開花，原產於東非乾旱地或近沙漠地。」

再按兩下，空白處出現的是沙漠玫瑰圖片。於是，讀者恍然大悟，這是花色紅似玫瑰的灌木，毒性將使心臟發病，難怪女主角會驚慌失色。

「聯結之書」可依內容分為好幾類，像上述那種「辭典」或「百科全書」型，是為讀者解釋名詞或查詢資料用。

除此之外，還有一種「歷史資料型」，可以為讀者條列出相關的歷史事件。例如，書中如果提到「乾隆皇帝精神抖擻的指揮大軍」，讀者一按「乾隆皇帝」四字，空白處出現的，是同一時代，西方國家的重要領袖有誰。

如果讀到的是「蕭邦彈奏著迷人樂曲」，蕭邦二字的聯結，將會是喬治桑等同時期的文藝界人士。

當然，聯結內容不只這兩種，我還想到一種「情調

型」的聯結之書。所謂情調型，重視的是書中呈現的氣氛。如果一本鬼氣森森的驚悚小說，讀到最嚇人的部分，讀者意猶未盡，不妨往聯結處一按，出現的會是另一本更驚悚的小說，更駭人的情節─簡直是「恐怖大會串」，大大的滿足讀者了。

　　也許，還會有一種「史上金句」型的聯結之書。讀到某些震撼人心的句子，一按聯結點，又可以讀到其他類似的，或相關的經典金句，真是同時餵飽讀者視覺與心靈的雙重享受。

比方讀到這一句「山隨平野盡，江入大荒流。」這是唐代詩人李白的詩句，而聯結處還會告訴你，同時期的杜甫，也寫了另一個相似句「星垂平野闊，月湧大江流。」是不是很有趣？

如果我來編一本聯結之書，我可能會將它編為「源頭型」。所謂源頭型，就是將書中關鍵詞或情節，聯結到第一位發明使用的作家處。例如，讀到「默默的，我哭了，正如我默默的笑。」聯結處會告訴讀者，這樣的句子，多半是學詩人徐志摩的「悄悄的，我走了，正如我悄悄的來。」

一個人的時間與心力都有限，讀一本聯結之書，等於讀許多書的精華處。

聯結之書 的小小缺失——偷懶的讀者可能會以為一輩子讀幾本聯結書就夠了。

診療之書

有許多書，以一些心理測驗題目，讓讀者作答，然後按照得分，結論出你是屬於哪一類型的人。依此原理，我們可以更進一步，讓閱讀同時具有「心理診斷」與「心理治療」效果。

比如，近日老覺得頭昏眼花，心情不好，卻又不確定原因；不如，先讀讀「頭昏類診斷之書」，看看自己到底哪個部分出了問題。

首先，打開書的索引頁，讀讀作者關於頭昏的種種敘述，找出與自己相符狀況的那一章。如果是「固定於每日凌晨兩點，左側邊微微痛，每次持續五秒」，就可能是第

八章「寂寞之痛」。

凌晨兩點，應該是正常睡眠時間，卻還在頭疼，而且固定每日發作；毋須什麼嚴格診斷，都能約略猜出是個寂寞的人，因失眠而頭昏。

當然，嚴謹的診療之書，不會如此輕率下結論，未來的閱讀診斷，必定會加上精密儀器輔佐。

診療之書的作者，須兼具心理學與文學兩種專業能力，透過故事編排，把心理測驗放在情節關鍵點，藉此診斷讀者的心理狀態。

比如，當讀者看到書中寫的「林維用力打了章欣欣一巴掌，章欣欣痛得昏倒」時，書中所附的診斷

儀器，能立刻測出讀者對此段描寫的感受。讀完全書，儀器會根據這些資料，分析出讀者的心理狀態。

那些覺得林維是英雄的人，可能正有一些困擾，壓抑得自己喘不過氣來，因此，恨不得發洩一番；相反的，覺得林維是惡魔的人，也許正被某人欺壓。

當讀者獲知自己的心理狀況後，再續讀此本「診療之書」第二集，試試它的「治療」功效。

治療之書，主要是希望讀者能在閱讀時，讓苦悶情緒得以紓解，或悲傷心情得到安慰。所以，治療之書，應該是本「綜合文選」，選錄古今中外文學大師的作品，讓讀者在美妙平靜的文字中，引發心靈共鳴。

例如，被診斷患了「失戀心病」的讀者，將會讀到安徒生所寫的人魚公主故事。人魚公主不能如願嫁給王子，化為泡沫，在海中消失：「單方面的暗戀最後將只是虛空的泡沫，一切化為烏有。」讀出這樣的啟示，就放聲大哭吧，讓最悲慘的故事，拯救最傷心的時刻。

「診療之書」當然無法替代真正的醫師，但是，從另一角度想，它更是絕佳的「預防之書」。許多時候，閱讀故事中不幸的情境，就彷彿自己也跟著經歷一遍；或許，便能在其中激發出勇氣。

　　閱讀時，順便「讀心」也不錯，有時，自己根本沒有察覺到，心理隱藏著什麼不安情緒呢。一本「診療之書」，可以讓自己更了解自己。

> **診療之書** 的小小缺失──許多患有心病的人，死也不肯承認。所以，診療之書的撕毀率可能很高。

遺忘之書

你是屬於過目不忘的「三隻眼閱讀族」，還是過目全忘的「少根筋閱讀人」？

曾聽一位作家說過，為了督促自己的閱讀，能全神貫注，他習慣每看完一頁，就撕掉一頁。這真是我聽過最嚴格的閱讀法了。

其實，不管是過目不忘或過目即忘，經歷生命中一段較長時間後，曾經閱讀過的書本，總會少條腿斷個胳臂，記憶中的模樣早已殘缺不全。因為，一個人的記憶容量不但有限，而且也常選擇性的遺忘呢。

認真說來，這也不是什麼大不了的事。有些書，如果

159

在五十歲讀的時候，覺得乏味無趣，那麼在五歲時也不必讀它。這是英國大作家C.S.路易斯說的（他寫過《獅子女巫與衣櫥》）。所以，世界上真的有些書，並不值得精緻閱讀，也毋須背誦傳唱。

然而，有些時候，我們又需要一些輕鬆的語言，像隨口哼哼的不成調小曲，助我們打發時間、排解情緒。此時，你可能會翻翻附帶大量圖片的雜誌，或幾本明知沒什麼營養、卻能博人哈哈一笑的休閒讀物。

「小華的媽媽出門交代他，千萬不能拿掉頭上戴的帽子；小華很聽話，真的都沒拿掉。但是，五個小時後，他忍不住了，慢慢慢慢的拿下帽子，接著，只聽見他大吼一聲：『好——冷——喔——』。」

這算什麼故事嘛！但是，懂得網路冷笑話的人，一定會在閱讀時被逗得捧腹大笑。像這類的書，最好在編輯時，便加上「過目即忘」的設備，當讀者讀完時，不久便忘光，一點也不浪費寶貴的腦容量。

　　將來科學發達到某種程度，一定可以很精準的計算出來：什麼樣的文字節奏，最容易被人讀過就忘；也或許，語文專家們能歸納出：哪些字、辭彙，組合在一起，會讓讀者看過後「毫無印象」。

　　此種「遺忘之書」，還可以按照讀者的需求，自行選定「一日即忘」「一月即忘」還是「隨看隨忘」。假設有位讀者，搭車時買本娛樂雜誌以打發漫長旅途，他不妨選擇「隨看隨忘」，看到哪裡忘到哪裡；萬一整本看完，目

的地還沒抵達，又能重新再看一遍。

當然，我也相信，一定會有人對「遺忘之書」，採取相反用途。例如，當讀者讀了某本令他震撼的書，他會希望這輩子，年年再讀一次，讓自己不斷得到新的啟示；因此，他可能會選讀「一年期」的遺忘版本。

此外，有些人也許想讓自己在不同時期閱讀，有不同體驗與領悟，卻又擔心從前的記憶會帶來干擾。此時，一本「永久型」的遺忘之書，便符合他的需求。

對我來說，最需要遺忘的閱讀，除了八卦報刊外，自己寫的書，或許也應該遺忘吧。遺忘過去的文筆風格與技巧，下一本就不會受舊經驗影響。著名的驚悚小說作家史帝芬金，寫過一篇故事，主角就是一個害怕「抄襲自己」的作家呢。

遺忘之書 的小小缺失——萬一全世界的人都熱愛閱讀「遺忘之書」，怎麼辦？

附錄一

讀書會聊一聊

一、未正式閱讀本書前的話題參考

1.聊聊從前讀過的書中，至今還很難忘的是哪一本？

2.讀讀輯一的目次，討論：哪一篇名最有趣、最吸引人？

3.一起猜測，「未來的書」可能是什麼樣的書，什麼材質製造？內容寫什麼？讀者是誰？

4.讀讀輯二的目次。然後討論：這些未來之書中，哪一本最有可能先被發明出來？

二、讀完此書後的討論參考

　　正式討論前，請大家先翻開目次頁，重讀一遍各篇篇名，以便喚起回憶，調整心理，較易於進入書中的情境。

1.如果要向朋友推薦這本書，我會用什麼形容詞來簡介此書？

　將成員說的形容詞列出來，然後舉手表決，最後決定一個多數人同意的形容詞，寫在書的扉頁或學習單上。

2.以一句話說明自己和書的關係：「書是我的……」

3.你的「荒島之書」是哪一本？

4.新書好還是舊書好？理由是？

5.有沒有逛過讓你印象深刻的書店？

6.對你而言，閱讀的最大理由是什麼？

7.一起討論輯二〈未來的書〉，討論題如下：

　(1)哪一本未來的書最富有想像力？

　(2)哪一本最有可能先出現

　(3)哪一本最不可能實現？

　(4)哪一本最符合現代人的需要？

　(5)哪一本得花最多費用？

　(6)哪一本根本不需要？

　(7)我還想到哪些「未來的書」？

　(8)如果只能選其中一本，我最想要擁有哪一本？

8.向成員說明，這是一本「散文」集，並請孩子發表：散
　文和一般故事書，最大不同點是什麼？

9.如果我也要寫一篇關於書的散文，有什麼資料可以寫？

三、討論完後的延伸活動參考

1.將全體孩子分組，各自編一本「……之書」。比如：

《學校生活之書》、《現代電視之書》、《全球美食之

書》。提示：盡量將相關資料都蒐集齊全，先列出編輯

的大綱。例如：《美食之書》中，要蒐集的內容大綱

有：食物材料、烹調方法、著名廚師等。

參考表格

我們的書名是：《　　　　　　之書》 編輯者： 編輯日期：	
主要內容分為幾項	(1)
	(2)
	(3)
	(4)
	(5)
編輯此書的目的	
哪些人會買這本書	

2.舉辦一場「荒島之書」書展。

參考方式：每人帶一本自己的「荒島之書」來展覽，會場以桌子排成兩個長條形，書置其上。每人並為自己的書設計一張小卡片，寫著「書主人姓名、我愛它的理由」擺在書邊。

選一節課來聊這些書，書展則展覽一日，也可以歡迎別班參觀。

3.每人設計一本「未來之書」。

我的未來之書是： 設計者：		
本書最大特色	(1)	
	(2)	
	(3)	
	(4)	
	(5)	
定價		
我的未來之書封面		

附 錄 二

我的閱讀記錄表

我的閱讀記錄表	設計者：王淑芬
你可以把本書封面拿去影印，然後把記錄表影印下來，貼在背面，收進資料夾中。每讀完每讀完一本書，就做一份這樣的「閱讀記錄」，當成個人的「閱讀存摺」。	

我的姓名：	我是在　　年　　月　　日讀這本書

本書書名《書的奇想》　　　作者：王淑芬，插畫：李憶婷

讀完本書，我覺得作者的個性應該是：

這是一本（　　　　　　　　）的書

我對書中哪一句話印象最深刻？

〈未來的書〉所提到的書中，我最想擁有的是：

書對我來説，是

訪問爸爸媽媽，他們的「荒島之書」是哪一本？

爸爸：

媽媽：

看完這本書，我想問作者一個問題：

我為自己設計的藏書票圖案：

國家圖書館出版品預行編目資料

書的奇想／王淑芬文；李憶婷圖. --初版 . --
　臺北市：幼獅，2018.03
　　面； 公分. --（散文館；31）

　　ISBN 978-986-449-104-9（平裝）

859.7　　　　　　　　　　　106024616

散文館031

書的奇想

作　　　者＝王淑芬
繪　　　者＝李憶婷
出 版 者＝幼獅文化事業股份有限公司
發 行 人＝李鍾桂
總 經 理＝王華金
總 編 輯＝劉淑華
副總編輯＝林碧琪
主　　　編＝林泊瑜
編　　　輯＝周雅娣
美術編輯＝李祥銘
總 公 司＝10045臺北市重慶南路1段66-1號3樓
電　　　話＝(02)2311-2832
傳　　　真＝(02)2311-5368
郵政劃撥＝00033368

印　　　刷＝祥新印刷股份有限公司
定　　　價＝250元
港　　　幣＝83元
初　　　版＝2018.03
書　　　號＝986281

幼獅樂讀網
http://www.youth.com.tw
e-mail:customer@youth.com.tw
幼獅購物網
http://shopping.youth.com.tw/

真・善・美

，將C與D背對背黏貼，增加書皮厚度。

⋯⋯道水平切割線。先摺b線，其餘依山、

⋯⋯皮的A、B對準小書內頁的A、B貼合。

⋯⋯割線

⋯⋯把的山線

⋯⋯下的谷線

小書內頁

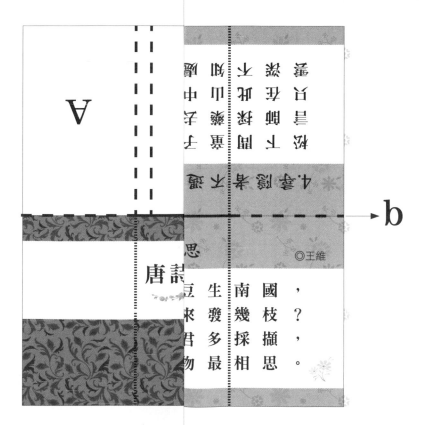

A

唐詩

b

◎王維

紅豆生南國，春來發幾枝。願君多採擷，此物最相思。